会津百年花

『会津藩教育考』の編纂に
命をかけた男**小川渉**の生涯

鶴賀イチ

歴史春秋社

目次

一章　潮流

風が季《とき》を追いかけていく。

土塀内の沙羅の木が葉を揺らめかせ、道端にカタバミの花の黄色が溢《こぼ》れている。

空に羽雲が生まれ、風にも音にも人の心にも終わりと始まりが静かに行き交う。

晩夏。

新宿「正受院」への参道を、黒紋付の羽織袴に身を包んだ白髪の男が、一人歩いていく。紫縮緬の風呂敷包みを抱え持ち、後姿に凛とした風格を纏っている。予感だろうか。明治三十八年、没二年前。髪にも顎鬚《あごひげ》にも白を増した、六十二歳の小川渉の姿であった。

墓所へと続く石段を一歩一歩と踏みしめれば、両脇の木々は墓所への案内役をつとめ、足元のシャガの葉は艶やかな緑色をして往く人の汗を鎮める。森閑と静まり返る境内は夏の終わりの空気を更に冷まし、渉を鐘楼へと辿り着かせた。

その鐘楼裏に、会津松平家の墓所がある。

立ち止まる渉に、木々の葉枝の間から光が柔らかに降りそそぐ。

あまりに静かな空間だった。と、渉の気配に気づいた一羽の鳥がギャッと鳴いて飛び立ち、続いてギャッギャッと数羽の鳥たちが飛び立った。

ザワザワと枝先が騒ぐ。

途端、渉の耳に、目に、胸に、体中にざわめきが走った。

あの、戊辰の戦から三十八年の時が経つ。


人は、生まれる時を選べない。渉は江戸末期の会津に生まれ、やがて明治へと移りゆく激動の時代の真っ只中を生きた。

会津藩士の子息として十歳より「日新館」に学び、二十歳で江戸の「昌平坂学問所」に遊学、そして二十五歳の時に「戊辰の役」で戦った。その後斗南での辛酸を嘗め、新聞記者、教職と身を移しながら、渉は十六年という年月をかけて『会津藩教育考』を編んだ。

波乱の人生六十四年、渉が時代の狭間で見たものはなにか。この時代の証人として何を語るべきか、先を生きたものとして後世に何を伝えるべきか……。


人は時を生きる。時はそれぞれの人生を受け止め、流し流れていく。

会津の芯

天保十四（一八四三）年、渉は会津藩士小川常有の次男として生まれた。幼名を徳治郎という。

父常有は会津藩校「日新館」で弓術師範を務めており、渉は日新館敷地内の官舎に生まれ育った。ゆえに、日新館は会津藩の学びの館でありながら、幼い渉にとっては家の一部のようでもあった。「花色紐」以上の藩士の子供は十歳より日新館への入学を許されるのだが、幼い頃から渉の耳には素読の声が漏れ聞こえ、武道に励む気合の入ったかけ声もまた響き聞こえていた。

数え年六歳も近いある日、徳治郎は兄常道と並んで父の前に座していた。

梅雨の合間の風が開けられた窓からしのび込み、時折カッコウの声がのぞき込む。あどけなさの中に徳治郎の利発そうな目が涙を帯びたように光り、その澄んだ目に父が話しかけた。

「徳治郎よ、まもなくそなたも什《じゅう》の仲間入りじゃ。兄に習い、よく心がけるのじゃぞ」

「はいっ」

徳治郎は力強く返事をし、兄常道は毅然とした佇まいの中にも優しい眼差しを弟に向けている。

その二人の様子に目を細めながら、父は子の健やかな成長を心の内に願った。

父がその場を去ると、兄が隣の徳次郎に向き合った。

「徳治郎、什長や目上の方々のお話をよく聞くのだぞ」

徳治郎より七歳上の常道は十三歳。人格成績共に優れた、日新館四年目の第三等の生徒である。

そもそも「什」とは、区域ごとに編成される会津藩士の子弟たち十人ほどの仲間組織をいう。六歳から九歳までは「遊びの什」、十歳からの日新館入学後は「生徒の什」という組織を組む。常道のように「生徒の什」の中にある者は、「遊びの什」を指導するという役目も持っていた。

什の組織に、大人は一切介入しない。六歳から九歳の「遊びの什」においても、子供同士で考え、話し合い、反省し合うという、子供による子供社会が営まれている。また父兄による身分の差もなく、長幼の序によりものごとは進められていく。

その日、六歳となった徳次郎は什長の迎えを受けて「当番」の家に向かった。遊びの什は、晴雨にかかわらず毎日午後に全員が集まることになっているのである。

子供たちを迎える家は当番制で、各家はその当番を断ることはない。当番に当たった家は一室を空け、夏は水、冬は白湯のみを用意すると決められている。大人のすることはそれだけである。

徳治郎は什長に紹介されて同い年の新之助の隣りに座ると、新之助が目で「よっ」と言い、すぐに「什の掟」の申し合わせ事項の確認と反省に入った。

「お話をします」

九歳の什長が皆を見渡し、皆は正座して什長に目を集めた。

「一つ、年長者の言うことに背いてはなりませぬ」「はい」

「一つ、年長者にはお辞儀をしなければなりませぬ」「はい」

什長が言う一句ごとに皆が「はい」と大きく答えて丁寧にお辞儀し、これが繰り返されていく。

「一つ、嘘言《うそ》を言うことはなりませぬ」「はい」

「一つ、卑怯な振舞をしてはなりませぬ」「はい」

「一つ、弱い者をいじめてはなりませぬ」「はい」

「一つ、戸外で物を食べてはなりませぬ」「はい」

「一つ、戸外で婦人と言葉を交えてはなりませぬ」「はい」

と続き、什長はここで一呼吸した。そして、

「ならぬことはならぬものです！」

そう声を張って締め、皆の声も「はい！」とひときわ大きく響く。

この会津の精神、「ならぬことはならぬ」のである。

「什の掟」は、藩や大人が作ったものではない。「会津武士の子息はかくあるべし」という、遊びの仲間の少年たち自らによって生み出されたものである。文語《もんごん》は多少違うものの、どの地域のどの「什」でもこの心得は自分たちを律するものとして掲げられていた。庶民の範となる会津藩士の覚悟と精神性は、子供たちの背筋をもピシと張らせていたのである。

「什の掟」による皆の返事が終わると、什長が言う。

「昨日から今日、この掟に背いたものはいねぇか」

もし、此の決め事を破るものがあれば、「みんなに無念《ぶねん》をたてなさい」ということになる。なぜに無念か。会津武士の子弟として、決まり事を破ってしまった己への無念なのである。

違反の内容によっては、仲間はずれや絶交となることもある厳しさである。しかしこの話し合いが終わると、実に子供らしい「遊び」の時間となる。

「遊びを怠ってはなりませぬ」「たくさん本気で遊びなさい」

これは、親の教えでもある。遊ぶことが学ぶことであり、遊びの中にこそ人間形成の基礎が培われることを、大人は心得ていたのである。

日々をこうして繰り返し、六歳から九歳までの三年間をこの什に身を置き、やがて徳次郎は日新館への入学が許される年となった。


その日、徳治郎の小さな胸は高ぶっていた。

開けた障子戸の外にヤツデが緑色の葉を広げ、チッチ、チッチと雀の声がする。その声が徳次郎の小さな心臓に呼応して波打つ。水浅葱色の麻裃を身につけた徳治郎はそんな胸の音を静めるように正座し、日新館小組生徒什長の訪れを待っていた。

今日は徳治郎の、日新館入学の日である。

二十四節気七十二候半夏生、会津平野の隅々までの田植えも済み、夏の日差しが生まれ始めた七月の朔日。徳治郎にとっても、新しい光が生まれ始めていた。

ドキドキもするが、ワクワクもする新しい香りに包まれた朝だ。

日新館への入学日は、十歳を迎える月の朔日と決められている。ひと月前には、父常有による入学の依頼状が、四つ切半紙にしたためられて儒者や素読所勤、素読所手伝勤、少組生徒什長の家々に届けられてあった。

「父上、母上、行って参ります」

迎えに訪れた什長に従い家を出ると、外に新之助が待っていた。二人は隣同士で生まれ日も近く、かつて二人で立ち食いをして什の仲間からしっぺをもらったこともある仲だ。泣いて詫びる徳次郎の脇で「おれが食えと言ったんだ。へへ」と笑うようないつもは大様な新之助だが、今日はいささか緊張気味の面持ちだ。

裃姿の幼い二人は、什長の後について西に歩を向けた。官舎北にある講釈所に向かうのだが、勿論近道などするわけがない。まず正面に向かって進み、戟門《げきもん》をくぐり、拌洋宮《はんようぐう》に向かう道をまっすぐに歩いて講釈所へと導かれた。ここは大学ともいわれる素読所を終えた後の学び舎、数年後にしか入れない場所で今日は特別だ。

緊張高まる講釈所のしんと静かな一之間に正座して待つと、やがて儒者が静かに現れ座った。二人は背筋を正し、什長を真似て深いお辞儀をした。そして顔を上げ、什長に促されてそれぞれに名を名告った。

「一ノ瀬新之助にございます」

「小川徳治郎にございます」

中々に張った声である。儒者が二度小さく頷いた。

それが合図でもあるかのように、素読所勤が静々と現れて三方に載せた熨斗を儒者の前に置いた。素読所勤は授業師ともいわれる教授である。三方を挟んで素読所勤が二人の入学を請う礼、儒者が受けて答礼。これにて、徳治郎、新之助、二人の入学の式が済んだ。

「ふぅ～」

この一連の流れに身を固くしていた二人は、什長に気付かれないようにゆっくりと息を吐いた。だが、まだ終わったわけではなかった。今度は挨拶回りである。再び什長に導かれて、学校奉行並びに学校奉行添役、儒者、素読所勤、素読所手伝勤、そしてこれから共に学ぶことになる組の内十人の各家々を回って挨拶。それぞれの場所で祝いの言葉を受け、二人は緊張の中にも喜びを得てようやく入学に関わる一切を終えた。

夕の祝い膳の前に、家族の顔がほころぶ。

徳治郎にとって、忘れがたく晴れがましい一日であった。


文月ともなれば木々の緑はすっかりと大人びて、青年の顔をして町を緑色に包んでいる。その爽やかな緑色の中、石段の下、その遠く、列を組んで学び舎に向かってくる少年たち。波を打つように、授業の時間に合わせて多くの生徒が集ってくる。

日新館の生徒数は一千人を超える。館舎は孔子を祀る大成殿を中心として、素読所や講釈所を始め、書学寮や和学寮、礼式方、数学方、天文方など多くの学びの場が設けられ、また武術や水練場など文武の専門的学舎も備えていた。日新館は、会津の未来を背負った若者の育成の場なのである。

「日新館」は朝七時からが基本だが、十月から三月までの冬季は八時からとなる。

学ぶ教科書は論語や大学等の『四書五経』『孝経』『小学』等があり、これらを声揃えて素読するのが徳治郎たちの日課となる。

会津藩の教育は見事に体系付けられていた。まずは、日新館入学前の「遊びの什」により藩士として人としての基礎を培い、入学してからは「日新館の心得」により更に心身を鍛え磨いていく。

「学問を学ぶには、まず人格の形成から」

それが会津藩の背筋を張った姿勢であり、「日新館の心得」とは実に細やかなものであった。

一　早起きして身支度を整えて父母に挨拶をする

一　部屋の掃除をして不意の来客にも備える

これらに始まり、「食事の際は親より先に箸を取ってはならない」「父母や来客の出迎え見送りをする」こと。また、「外出する際には父母に行先を告げ帰った際には戻ったことの挨拶をする」「父母や目上の人と話をする際には立ち話や乱れた格好や態度を取ってはならない」「親から頼まれた用事は怠らず返事はしっかりとする」等々。家庭内で身に付けることや戸外での振る舞い、その他にも人格の形成上必要な内容十七項目をこと細やかに学ぶ。

これが、会津の武士の子息一人ひとりに義務付けられた基本となるたしなみである。

「よう、授業はいかがじゃ」

ある日、背後から声がした。

振り返れば、佐野貞次郎がいた。佐野は三十一歳、学校役員であり、父常有が信頼を寄せる若い友人でもあった。

「あ、佐野さま」

徳治郎と新之助は、緊張したままに頭を下げた。

「あぁ、よいよい。ちゃんと学んでおるか、真面目にしっかり学ぶんじゃぞ」

佐野に限らず什長や年上の生徒、学校役員たちは時に声をかけ気を配り、厳しさの中にも温かく見守りながら日新館での学びは進められていくのである。

そもそも会津に「日新館」が開かれたのは、寛政十一（一七九九）年のことである。

その経緯《いきさつ》を語る常有は、実に誇らしげだ。

その日も、息子二人の前に語り始めた。

「藩祖保科正之公は、二代将軍秀忠公のご落胤で三代将軍家光公とは異母兄弟にあられた。大変に学問好きなお方におられたそうじゃ。続いての二代正経《まさつね》公、三代正容《まさたか》公、四代の容貞《かたさだ》公も、講所を作られるなどして代々に学問を大事になされた。そして、五代藩主松平容頌《かたのぶ》公の時じゃった」

このあたりで、常有の語り口には更に熱が入る。会津藩士として、日新館で弓術指導に当たる者として、常有の誇りであり己の矜持でもあった。

「その頃の会津藩の台所事情は、なにほど苦しかったそうじゃ。その十七年前に起こった『天明の大飢饉』が尾を引いていたんじゃな。夏は寒いし、冬は暖ったけぇし、作物は採れねぇし。それが六年も続いたもんじゃから、国中には何十万人もの餓死者が出たそうじゃ。会津藩もまたでな、食うもんに困り多くの人が餓死した。その領内の立て直しはまっこと大変で、多額の借金も抱えてしまったんじゃな」

ここで、父が問う。

「この時、会津藩は如何にしたか。徳治郎よ、どんな策をとるべきぞ」

わずか十歳の徳治郎に解ろう筈もないが、考える間、考えさせる間を父は計り、徳治郎は左右に首を傾げながら考えている。

その頃合いを見て、何度も父から聞いてその策を知る兄常道が、

「ほれ、食べるもんがないんだぞ。無いならば、ほれ、どうする」

と、考える手立てを徳治郎に示す。

「うむ」と父は小さく頷き、「さ、徳治郎は如何じゃ」と再び問う。

「はい、田畑に作物を植えることが大事でないかと思います」

「そうじゃのう。その時新田開発や土地の分給制も行えば軍政改革も行い、藩政全般に力を尽くしたのは勿論じゃ。だが」

「だが」と言った後、常有はわずかに居ずまいを正した。

「物事は、近くと遠くを同時に見ることが大事なんじゃぞ。近くとは、今すぐせねばならぬこと。遠くとは……」

「遠くとは」の、その先を問う真剣な徳治郎の目に満足げに常有が続けた。

「時の家老田中玄宰様がな、『教育は百年の計にして、藩の興隆は人材の養成にあり』と建言なされた。それを受けた五代藩主容頌公はこれを会津藩の姿勢として、藩士子息の教育を改革の筆頭に掲げられたんじゃ」

幼い徳治郎には飢饉や借財と教育が中々結びつかず、目をしばたいている。だが、

常有は子供とて容赦なく刺すように問いかける。

「なぜに学ぶか」

答えを探しても、幼い徳治郎には容易には見つからない。

「何故にござりますか」

徳治郎の問いに、常有は言葉を少し和らげた。そしてゆっくりと、

「人づくりこそ国造り。藩政改革の成果がその場限りで終わらぬよう、高潔な人づくりのために日新館を造ったのじゃ。これこそが『遠くを見る』にある」

そして暫しの間を置き、

「学問はただ学ぶにあらず。人を、人たらしめることぞ！」

と、二人にしっかりと目を向けて父は言葉を結んだ。

国を造るは人、人をつくるは学び、そして学びは人が人たらしむることにあるという。人が人たらしめてこそ、学びと一体となる。それが十分にわからずとも、徳治郎の小さな体の毛細血管を這うように、その言葉はゆっくりと全身に滲みていった。

さて、日新館での学びは素読所の四等に始まる。

入学時の第四等では「孝経」や「大学」「論語」「孟子」「中庸」などの「四書」

を中心に学び、加えて松平容頌公編纂の「日新館童子訓」により会津藩士の子弟としての心得を学ぶ。

十二歳よりは第三等、十四歳よりは第二等、十六歳になると第一等へと進み一般学問を深めると共に、藩祖保科正之が編纂した「近思録」「二程治教録」「伊洛三子伝心録」「玉山講義附録」などを学ぶ事になっている。但し、三等以上には定格という石高に合わせた定めがあり、三百石以下の長男や三百石以上の次男以下は三等までを基本とする。しかし、生徒たちは定格には甘んぜず皆それを越えて学びを深め、二等以上になると父親と相談の上その先の進路を決めるようになっていた。

素読所は各等二年が基本だが、考査に合格すれば等級を飛んで進むことが可能であり、新之助の「えー」「あー」という声を背に、徳治郎は一年飛びこえて「講釈所」へと進んだ。

日新館では、弓術、馬術、槍や刀術、砲術、柔術、居合術、また水練などの武芸向上も目指した。しかしそれは型や技のみではなく、教養と確たる人間性に基づいた武芸であり文武の両道に添うものである。故に講釈所では、数学や天文学、医学など各科に分かれ学ぶと共に、雅楽や和歌なども併せて学び、肉体と精神の均衡を持った学びを深めていく。また、令式は小笠原流で、食事における膳腕の置き方、刀剣の受け渡し、切腹の作法に到るまで様々な所作を学ぶ。その所作や作法はただ形ではなく、人としての姿勢を正し、死ぬ所作を学びながらも生きる術を学ぶのである。

こうして学ぶ中、十四、五歳ともなれば生徒たちは立志の時を迎え、それぞれ幼名から脱皮する。徳治郎もまた、渉と名を改めた。

この頃になると授業を終えてもまっすぐ家には帰らず、十七、八歳の年長者のもとに集い夜会に加わるのが常だった。無論、渉もまた。

夜会では、忠臣孝子の美談や武芸に関する記録、家訓、軍令などについて熱く語り合った。そうして、意見を述べ合い学び合いながら親交を深めていった。

また、日新館には楽しい行事も所々にはめ込まれており、毎年春には遠足が行われ、猪苗代までの五里、柳津六里、塔のへつり九里、遠くは津川十四里を、朝に出て日帰りで行ったりもすれば、猪苗代まで水泳に行くこともあった。

藩校日新館は厳しくも豊かに文武両道の藩士の子弟を育てあげ、渉は十七歳までの時をここで過ごした。

思えば豊かな少年の日々。渉にとって、最も幸せな季節《とき》だったのかも知れない。

旅立ち

文久三年、渉は二十歳の若き藩士となっていた。

十七歳で日新館を卒えると会津藩の守衛組となり、丸山鎮之丞の元に仕えて早三年になる。

そんなある日、小川家に吉報が舞い込んだ。

渉の、江戸の昌平坂学問所への遊学が決まったのである。日新館での成績優秀者のみに許される遊学は、若き会津藩士の誰もが憧れる道、渉の夢であった。

父は無論、母も兄も喜んだ。だが、この光の裏には陰も潜む。手放しで喜べるほど世の中は太平ではなく、日本の上空を不穏な雲が覆いはじめていた。

いや、いま急に始まったわけではない。渉が生まれた頃すでに、いやそれ以前よりも鎖国する日本周辺に外国船が多数出没するようになっていた。文政八

（一八二五）年には江戸幕府が「異国船打払い令」を出したほどである。だが、アヘン戦争における西洋の軍事力の強大さに驚き恐れた幕府は弱腰となり、天保十三（一八四二）年には遭難した船に限り補給を認めるとした「薪水給与令」に切り替えている。

日本の国は、すでにぶれ始めていた。

そんな波立ち始めた日本の海に、渉が十歳の嘉永六年には遂にペリーの黒船が来航した。

外からの揺さぶり、国内の動揺、そんな中に開国と攘夷の両論が生まれ、国内の対立が激しさを増していく。それはもはや江戸のみならず、会津の地もまた燻り、煙が上がらんとする予兆を孕んでいたのである。

白露が草に宿り始めている。

枝先のヒヨドリが、人の世の曇り空など知らぬ気にヒーヨヒヨヒヨと鳴く。

渉は、まだシンとした日新館の東門をそっと潜《くぐ》り出た。ひんやりとする早朝の空気は、やがて晴れ上がる予感を秘めていた。

渉は今日、江戸へと旅立つ。

「父上、母上、兄上、行って参ります」

「うむ」父常有が小さく頷く。

「道中、気をつけるのですよ」と母が言い、

「父上、母上の事は私に任せておけ」

そう言って、兄常道が渉の肩に手を置いた。

への字に口を結ぶ父、祈るように帯前で手を組む母、そして笑顔を作り送る兄を背に、渉は江戸への一歩を踏み出した。

渉の向かう江戸は、確かにきな臭い。

これから外国とどう向き合っていくのか、開国派と攘夷派の対立がどんな方向性を見せるのか、これまでにない大波が押し寄せるかもしれない。しかしとて、時間を留めるわけにはいかない。陽が昇り陽が沈みまた陽が昇る時の流れと共に、前に進む以外に道はないのだ。

様々な思いはある。しかし渉はいま、何よりも昌平坂学問所で学べるという喜びを胸に抱えて旅立つ。母が新調してくれた小袖に野袴、背割り羽織の背に小さな網

袋を背負い、腰の大小に柄袋をかぶせて江戸へと向かう。

朝の冷気が、渉の気を芯から引き締める。

見送る家族の視線が背中から消えて「いざ」と唇を噛めば、土塀の陰から市蔵がひょっこりと顔を出した。名を市蔵と改めた一ノ瀬新之助である。相変わらずの登場に、渉の唇が「ふっ」と緩む。

朝早い旅立ちゆえ昨夜の内に別れを告げていたのだが、市蔵はこっそりと先回りして待っていたのだ。まったく市蔵らしい。

「おう、渉。江戸でいっぺえ学んで来いよ。お前《めえ》は俺の自慢の友なんだでな。まぁ、会津は俺に任せとけ！」

市蔵が、拳で胸をドンと叩いた。

「あぁ。市蔵、お前はおっちょこちょい直さんと先輩方に怒られんべよ」

渉が笑う。

「なんの。俺は、世渡りはいたって上手《うめえ》んだ。褒められるばっかりかもしれんぞ」

顔を空に向けて市蔵は得意気に言い、そしてすぐに渉の顔を覗き込むと、

「それより渉、江戸はいろいろ大変だって言うべ。気ぃつけろよ」

と、いつになく真剣な顔で言った。

「ありがとうよ、市蔵。互いに、互いの場所で励もうぞ」

「あぁ、今度会う時が楽しみだな」

歩幅を合わせて一緒に歩きながら、市蔵は渉の懐に何やら包みを押し込んだ。

「干飯《ほしいい》だ。腹が減ったらつまんで食え」

市蔵はどこか抜けていそうで決してそうではなく、大らかで思いやりのある温かい友だ。このまま一緒に江戸まで行きたいほどだが、それは叶わない。

次の辻で二人は別れた。

市蔵と磐梯山が渉を見送り、川辺りから旅鳥が声もなく飛び立った。

陽傾ぶく

昌平坂学問所は、そもそもは幕府直轄の学び舎である。幕臣は寄宿寮を利用することもできたが、多くは通学であった。一方、地方からの学生は皆「書生寮」に入ることになっており、渉もまたその寮生となった。南北二棟あるその「書生寮」は諸藩からの俊逸な四十四名を収容し、学びの形は受け身ではなく自学を主とした。寮生同士、日夜議論を戦わせての切磋琢磨である。こうした全国他藩の人々との交流は、それぞれに掛け替えのない財産として積まれていく。

このまま、諸藩の有志と語り合い親交を深められればどんなに良かったことか。どんなに未来は明るかったことか。

だが、時代は青年たちの夢を許しはしなかった。

慶応三年秋、渉たち学生は皆、いつしか悲劇の舞台袖に立たされていた。


実は、渉が江戸に発つ前年の文久二年、すでに会津の舞台幕は上がっていた。

この時、江戸の会津藩上屋敷は騒然としていた。

「な、なんと。なんで会津が……」

「殿、こればっかしは、お受けしてはなんねぇでござります」

「早々に、早々に、お断り下さりませ」

重臣たちが口々に言い、藩主容保は暗い面持ちで無言であった。

その横顔に紫色の夕暮れが忍び込み、時もまた黙して流れていった。

この重苦しさは、幕府から京都守護職の要請が会津藩に舞い込んだことにあった。京都守護職とは、治安乱れる京都の守衛のために設けられた新たな役職である。

嘉永六年、ペリーの来航により「日米和親条約」が結ばれ、日本国の長年の鎖国の鍵は開けられた。ならばと、そこから水は傾《なだ》れ込む。

四年後の安政五（一八五八）年、不平等条約とも言われるアメリカ有利の「日米修好通商条約」が結ばれると、オランダやロシア、イギリス、フランスとの修好通商条約も次々と結ばれていった。

事が大きく動く時、人は戸惑い、行き先の地図を模索する。ただ、見えない未来を探せば、枝道に迷い、思いは分かれて車輪が軋る。

この軋みは溝を生み、幕藩体制強化に向けた「公武合体論」、攘夷論と尊皇論が結びついた「尊皇攘夷論」に分かれた。そして、尊皇攘夷派は次第に「尊皇倒幕」の旗印に変わっていくのである。

対外国への一つになるべき道は、いつしか日本国内の対立を深める険しい道となっていた。

蝋燭に火が灯された。

夕闇が深い闇に変わりゆく中、なおも話し合いは続いていた。

「京都にゃ、長州や尊皇攘夷派の怪しい輩がたんと集っているっていうではねぇか」

「手えつけらんねぇほど、京は乱れに乱れておりますべ」

「京都所司代だけじゃ抑え切れねぇで、幕府は兵力を送ろうとしているんだべえ」

「なんで、なんでそれが会津だっつぅんだ。会津は北の守りの要でねぇか」

「そうだ、会津は動いてはなんねぇ。もっと近くに、動ける藩があんべって」

「今や、誰もが避けたい役職なのよ。それを会津に押し付けんべとは、まったく」

会津藩重臣たちの怒りは、次第に会津言葉を強くする。その怒りに満ちて眠りを忘れた夜は、いつしか白んでいった。

そうして重臣と話し合い熟慮を重ねた末、「顧みるに容保は才薄く、この空前の大任に当たる自信がない」と、容保は丁重に辞意を示した。

そもそも、会津藩主松平容保は病弱であった。度々病に臥し、重臣を代役に立てなければならないことも多かった。これまで幕府に何度もの辞職願を出すが、それを受けるどころか度々の登城を求められた。二代将軍秀忠の庶子保科正之以来の親藩であるという立場的にも、また容保が信頼に値する人格を備えていたからでもあろう。しかし、今回ばかりは何としても断らなければならない。容保はその覚悟であった。

だが、幕府は執拗だった。押し付けに見えて、実は志操堅固で武芸に秀でた会津藩をおいて他に果たせる藩はないと見る、幕府側の切実な思いでもあったのだろう。ついには松平春嶽が訪れた。そして、容保の首根を抑え込むような言葉を発したのである。

春嶽は、身構える重臣たちをじろりと目玉でひとなめしたあと、

「会津には、いかなる時にも徳川家に添うという『家訓《かきん》』がございましたなぁ」

と嘯《うそぶ》く。そして、

「家光公、保科正之公がご存命ならば、必ずや、必ずや……のう」

と、語尾に力を込めると蛇のような目を容保に刺した。

松平容保は養子である。叔父である会津藩主松平容敬のもとに高須より迎えられ、会津の歴史と精神をしっかりと叩き込まれてある。

養父の亡くなった後に、十八歳で会津藩主となって十年。「家訓」を持ち出され

れば追い込まれる。その逃げ場を失わせることこそ、春嶽の狙いである。二十八歳の若き藩主は、春嶽の蛇のような目にじっとりと追い詰められていった。

この押し問答の知らせを受け、会津から家老の西郷頼母と田中土佐が駆けつけた。長旅の疲れもいとわず容保の前に出で、頼母が目を剥いて言う。

「殿、お断りくなんしょ。受けてはなんねぇですぞ。守護職を受けるっつうことは、薪を背負《しょ》って火を掬《すく》うみてぇなもんでごぜぇませんか。そんでは、会津が燃えっちまいます」

土佐もまた、

「殿、既に会津は浦賀や蝦夷地の警備の任にあり、藩の財政は窮乏しております」

と辞退を迫る。

二人は、繰り返し「無理にござります」「殿、お断りくだされ」と詰め寄った。

容保は、内外双方から追い詰められていた。

行も憂し行ぬも辛し如何せん　君と親とをおもうこころを　容保

親の名はよし立てずとも君のため　いさをあらはせ九重の道　義建

容保が、高須家の実父松平義建と交わした和歌である。

「……もはや、腹を括るしか無いのか」

容保は深いため息をつき、重い足を運んで重臣たちの前に座った。

「……この重責を拝するならば……」

重臣たちが固唾をのみ、容保が一呼吸した。

この僅かな間は双方の空気を更に張り詰めさせ、容保の次の言葉に臣下の耳は集中した。そして、容保の口が開いた。

「臣君が一つにならねば、ことは果たせぬ。皆よ、余の進むべき道を示してくれぬか」

容保の声が僅かに震えていた。追い詰められた容保の、その辛く切なく血を吐く思いが家臣の胸に染みる。

江戸家老を始めとして、誰も言葉を発しない。

皆、胸の内に容保の言葉を噛む。何度も噛む。頼母のいうように「会津藩は燃え滅びるやもしれぬ……」と心の半分に思いながら、もはや腹を括るしか無いという苦い味も滲み出る。

しばらくの時が経ち、沈黙は断案に破られた。

「参りましょう！」

「殿、我ら共に京の地を死に場と致しましょうぞ」

「皆……」

苦渋の末に、会津の進む道は決まった。

文久二年十二月二十四日、容保は会津兵千人と共に京に向かった。


渉が昌平坂学問所で学び始めた文久三年には、八月十八日の政変も起これば薩英戦争も起きた。翌元治元年には池田屋騒動、禁門の変と次々に事は起こり、激動の慶応へと時代はなだれ込んでいく。

「書生寮」も、もはや穏やかでは居られない。昌平坂学問所の学生である前に、皆各藩より給与を賜る藩士の身なのだ。会津が京都守護職として世を鎮めようとすれば、もはや尊皇攘夷ではなく尊皇倒幕に舵を向けていく長州。「書生寮」はもはや呉越同舟の館でもあった。友情などという青い色は捨てざるを得ない。

世の中は、騒然紛然として人道は歪んでいく。

倒幕派はもはや手段を選ばず、偽の勅書をさえ発効するようになった。また幕府では、外国から薩英戦争や下関戦争の賠償金が請求されて、返答次第では戦端ともなりかねないという状況下にあった。

そもそも、生麦事件が発端とも言われる薩英戦争はイギリスと薩摩間にあり、下関戦争は長州藩とイギリス・フランス・オランダ・アメリカの列強四国との間に起きている。だが、外国からの強い圧力により、幕府が賠償金を負担せざるを得なくなったのである。

皮肉にも、賠償を免れた薩摩長州の両藩はこの戦によって諸外国の強さを思い知ることとなり、やがて海外の技術や新式の武器を積極的に取り入れて倒幕へと向かうことになるのである。

真偽見分けがたい世であった。しかし会津は、天皇と容保の揺るがぬ信頼の元にあった。

文久三年十月九日のこと、深秘の宸翰《しんかん》と御製《ぎょせい》が容保の元に届けられたのである。

宸翰には、天皇の心の痛みを受け止め京都守護職として速やかに対処してくれたこと、その忠誠心に対する感謝の言葉が記されてあった。

天皇の心の痛みとは、朝廷内尊攘派の公家と長州藩との結託による圧力である。しかし、孝明天皇は会津と薩摩を連盟させ長州の陰謀を砕いた。「八月十八日の政変」である。御所護衛の任を解かれた長州は帰国の途につき、急進的な公家十五人が禁則、内七名が長州へと逃れた。世にいう「七卿落ち」である。

孝明天皇はその結果と忠誠心を悦び、容保に御製が届けられたのである。そこには、天皇と武士、つまり天皇と容保が心を合わせればどんな困難にも打ち勝つことができるであろうと詠われていた。

やはらくも猛き心も相生の　松の落葉のあらす栄へむ
武士と心あはして巌をも　つらぬきてまし世々のおもひて

上位にあるものは孤独である。苦しく寂しいものである。おそらく、天皇に友と呼べるものは存在しない。しかし、日本の国の容易ならざる事態に独り苦心する天皇が、一人、誠実なる容保に胸の内を打ち明けたのであった。

だが、様々に案じようともほころび始めた時代の流れは繕えず、こぼれた時代の流れは次第にその幅を広げていくのである。

「書生寮」は学問の館としての息を潜めた。友と何を論ずべきか、それぞれの言はそれぞれの藩に依らなければならない。もっと西洋の文化を学び、国の未来を語りたいなどという理想はあくまでも理想に過ぎない。

学生たちは、皆各藩に散って行った。

渉はまだ、暗闇の中に置かれていた。この猛獣うごめく闇の中の、影の正体を渉はまだ詳しくは知らない。けれど、闇の中の気配は伝わる。生臭い魑魅魍魎たちの気配である。

何かが起こる。そして、起きた。

闇の中に、まず薩摩が動いた。いや、寝返った。それまで会津と会薩同盟を結んでいた薩摩は長州との間に密約を交わし、慶応二年一月二十一日に薩長同盟を結んだのである。

それは、長州で戦が始まった時には薩摩が幕府に圧力を加える。もし、一橋、会津、桑名の「一会桑」が薩摩の要求を拒むようであれば軍事的対決に至るという覚悟が示されていた。実は、会津と薩摩の同盟の中にこのような条項はなかった。ゆるいといえば会津はゆるく、「信」という情を信じすぎていた。

薩摩と長州の結託を、会津はまだ知る由もない。

舞台袖の渉に、刻々と出番は近づいていた。

震天動地

時代が揺れる。

紆余曲折があって、慶応二年十二月五日徳川慶喜が十五代将軍となった。そのわずか二十日後の二十五日、幕府に、いや会津に激震が走った。

容保に全幅の信頼を寄せ、倒幕派を抑えてきた孝明天皇が身罷ったという。まだ三十六歳の若さであった。病とも、倒幕派による毒殺とも密かにうわさが飛び交う中、孝明天皇の第二皇子睦仁親王が即位した。後の明治天皇である。十六歳の若き天皇、その影には外祖父中山忠能が見え隠れしていた。

時代は霧の中。まだ見えないながら朝敵長州から朝敵会津、賊軍会津へとすり替わって行くシナリオの始まりであった。

幕府と倒幕派の間には、虚言妄言、陰謀策略、密勅偽勅が黒く渦巻き、慶応三年十月十四日には二つの大事が密かに動いていた。

まず、「討幕の密勅」が岩倉具視から薩摩長州の手に渡された。

一方、その動きを察知した徳川慶喜は、「大政奉還」と先手を打った。徳川政権二百六十五年の武家政治を、徳川慶喜を末として閉じたのである。然しここには、慶喜のある目算があった。政権を返還されても朝廷には組織も行政能力もなく、自分がこれまで同様の影響力を維持することが出来るだろうと。

かたや、討幕の密勅と同日の大政奉還という事態に岩倉らの目論見は外れた。政権が朝廷に返された以上、幕府を打つという討幕派の名目が失われてしまったのである。しかし、時代の境目がここですんなり収まる筈はない。

討幕派は次なる一手を打つ。

政治とはなんぞや。権力とはなんぞや。闇や霧の中での駆け引きか策略か。ある準備が水面下で万端整えられていた。

慶応三年の十一月、渉の姿は船上にあった。

この頃、隣国朝鮮もまた騒がしかった。宣教にあたっていたフランス人宣教師と信徒が惨殺されるという事件が起き、フランスが攻撃、朝鮮が応戦というフランス朝鮮戦争を引き起こしていた。その朝鮮とフランス、両国からの要請を受けた徳川慶喜は外国奉行平山図書頭を仲裁に向かわせることにしたのである。渉はその随行として、対馬から朝鮮に渡ろうと幕府船順動丸で品川を出航していた。

さて、渉が日本を離れている間の慶応三年十二月八日のことだった。

その日、朝廷は嵐の前の静けさに包まれていた。

雪のちらつく夕刻、朝廷では摂政二条斉敬《なりゆき》主催による朝議が開かれた。その主な内容は、かつて蛤御門を襲撃し朝敵となっていた長州藩主父子の罪の赦免と復位、謹慎処分にあった岩倉具視や「八月十八日の政変」で都を追われていた三条実美《さねとみ》らの赦免などであった。

この朝議は翌九日早朝まで夜通しで行われ、眠らぬままの翌日を迎えた。

朝議を終え二条斉敬ら公卿たちが退出する中、この後を画策する公家の中山忠能が目配せをする。それに頷き三条実美ら五人がその場に留まった。すると朝議を終えたばかりのその場は、回り舞台のように場面を変えた。

「門を閉じよ」

中山が号令をかけると、「ワーッ」と朝廷周りの空気が土煙と共に逆流した。待ち構えていた西郷率いる薩摩隊がすぐさま押し寄せ、同時に福井藩や尾張藩なども素早く動いて御所の九門を閉鎖した。

クーデターの開始である。

もはや、徳川慶喜や会津・桑名など旧幕派の踏み込めない状態となった。

ここに、討幕派が設《しつら》えた舞台が整った。

そこに筋書き通り、昨夜赦免されたばかりの岩倉具視が衣冠をまとって役者然と登場したのである。そして、岩倉と中山忠能はすぐさま天皇に拝謁。更に大久保一蔵や西郷隆盛と役者が揃った所で「王政復古の大号令」が発せられ、摂政・関白の廃止、幕府の廃絶、三職の設置、諸事神武創業の昔への復帰が宣言された。

新体制の樹立である。

素早かった。謀《はかりごと》はあっという間に成し遂げられた。それもその筈、前夜に岩倉具視は自邸に薩摩・土佐・安芸・尾張・越前各藩の重臣を集め、入念な打ち合わせを行っていた。謀は十分に稽古済みだったのである。

彼らに、昨夜来の眠らぬ疲れなどない。ただちに、天皇臨席のもと慶喜外しの三職の会議が小御所で開かれ、「慶喜の辞官・納地」「容保と定敬の罷免」が決定された。慶喜と共に、その両腕である会津と桑名の動きは封じられたのである。

この周到に用意されたシナリオ、これを闇の中で書いていたのは岩倉に加えて薩摩の大久保一蔵であった。また一つ、歴史が闇の中に生まれた。

こうして、討幕派によるクーデターは成功したかに見えた。だが、慶喜とてすんなりとは従わなかった。とりあえず恭順の姿勢をみせながらも、即決を避けて、京都二条城から大坂城に移りゆるゆると時を流したのである。

この態度は、討幕派の不安を生んだ。

「このままに時を流せば、また徳川は復活するやもしれぬ」

「徳川攻めを強行すれば民意は徳川同情に傾き、新政府に批判の目が向く」

この二つの間に、薩摩の西郷隆盛は業を煮やした。ならば早々に武力討伐をと考えるが、武力闘争に持ち込むためにはそれなりの口実が必要である。そこで、西郷は荒い手を使う。謀略、江戸の攪乱である。

西郷は浪人を募り五百人の浪士隊を組み、放火や強盗を繰り返させ、江戸の町を燻り出しの狸の穴のように使って挑発したのである。もはや庶民は捨て駒、狢《むじな》か狐。罪のない庶民が政治の駆け引きに利用されていった。

「挑発に乗ってはならぬ」

そう厳しく達せられていたにも関わらず、あまりに破壊的な行動に庄内藩は我慢しきれず、薩摩藩邸焼き討ちという事件に至ってしまう。

この報が大坂に伝えられると、慶喜は動かざるを得なくなった。薩摩討伐を朝廷へ上表するとして上洛を決め、その先鋒として大砲隊の隊長林権助が発った。

権助が隊士を率いて伏見の関門に至ると、その前に立つ薩摩は通行を拒んだ。

権助は会津武士、兵を後ろに置き二人の兵のみを従えて「作法に則る談判」に向かった。薩摩門兵は「ならば、朝廷に伺うので控えて待て」という。それを受けて権助が隊に戻りかけた時、「ドドーン」と待機する会津軍に向けて大砲が発せられた。

それに応戦せざるを得ない会津が、仕掛けたかに見せかけた鳥羽伏見の争いへと誘う薩摩の号砲だった。

開戦の狼煙を上げたのは会津だという。幕府軍は、西郷の策に嵌《はま》ったのである。

慶応四年一月三日申の下刻（午後五時）、鳥羽伏見での開戦となった。


ついに、渉の人生が大きく動き始めた。戦の舞台に押し出される日が来てしまったのである。

この時、開陽丸は朝鮮済州《チェジュ》島からの帰り道にあった。大坂に近づいたあたりで開戦の知らせを受けた平山図書頭は、すぐさま船を港に寄せて号令をかけた。

「急ぎ、軍事奉行町田殿の元へ向かへ！」

その指示は決定的に昌平坂学問所学生の名を奪い、渉を一人の戦士に変えた。

渉たち数人は軍事奉行町田伝八率いる大砲隊に急ぎ加わる為、楠場砲台のある橋本へと闇の中を走った。その逸る思い、その急ぎ足は冬の夜道の寒さも忘れさせた。

実は、この戦には裏がある。

そもそも朝廷は争いを好まず、穏便に事を進められることを望んでいた。ところが、戦い三日目の一月五日、突然に朝廷色が現れる。「錦の御旗」の登場である。

岩倉具視の指示により、薩摩の大久保一蔵、長州の品川弥二郎によって作られた擬物。勝つためには手段を選ばない、「偽勅」「偽勅」の果の薩長軍の捏造である。だが、それでも「錦の御旗」は天皇軍の象徴。薩摩や長州は朝廷の軍となり、幕府軍が朝敵となった瞬間であった。

錦の御旗に揺らいだ数藩が、朝敵となることを恐れて西軍側に寝返る中、会津も桑名も、そして渉も必死で戦っていた。

ところが、大坂城の奥ではとんでもない会話が交わされていた。

「そもそも、政権を返上し将軍職を辞して余は朝廷に誠意を示したではないか。兵を挙げるなど余の意思ではなかった。余は江戸に戻るぞ」

朝敵になることを恐れた慶喜が、突然そう言い出したのである。

「殿、皆はいま必死で戦っております」

「主戦力部隊を以って戦えば、まだ勝算はございます」

「いや、極秘に江戸に戻る」

「それでは、命を懸けて戦っている家臣たちに申し訳が立ちませぬ。重臣たちを集めまする。策を練りましょうぞ」

「皆に知らせてなんぞならぬ。それではこちらの動きが知られてしまうではないか」

「私どもは残りまする」

「いや、お主らが居ては事が荒立つ。共に参れ」

容保と桑名の松平定敬を捻るように説き伏せ、一月六日の夜陰に紛れて慶喜は軍艦「開陽丸」を江戸に向かわせてしまった。


橋本の楠場砲台に駆けつけた渉は、町田伝八の隊に加わっていた。

ドドーン　ドドドドーン
「打てぇーッ！」「ソレーッ！」

激しい音が行き交い、土煙の中には怒声もあれば悲鳴やうめき声も渦巻いていた。

戦は生と死の背中合わせ、余計なことは考えずにもはや戦うのみ。

衣服も顔も埃に塗《まみ》れながら、弾丸尽き果てるまで渉たちは戦い続けた。

日暮れて、双方の音が止んだ。疲れた体を引きずり枚方《ひらかた》まで引き上げて来ると、そこに家老の田中土佐が迎え立っていた。眉間に皺を集めて、「急ぎ大坂に戻れ」と言う。訳も聞かされず皆から不平がこぼれたが、家老の命となれば仕方がない。

疲労困憊の疲れた足と大砲を引きずり大坂に戻ると、時はすでに日付を跨いでいた。

ひと時の泥のような眠りは、辺りの騒がしさに破られた。

「何事か」

飛び起きて聴けば、昨夜の田中土佐の慌てぶり急ぎ大坂に戻された訳がわかった。

それは、昨夜に突然に消えた三つの頭……。

誰もが愕然と言うより唖然、そして騒然となった。

「将軍も将軍じゃが、我が殿まで大坂城を棄てるっちゃ何事だ！」

「まさか、あの殿が……」

「君臣命を共に、そう誓った筈でねぇか！」

「わしらは、命がけで戦ってるっつうに！」

「……これでは、我らは何のために戦っていんのか解がんねぇ」

帆の折れた船が、頭のない体が、この先進める筈が無いではないか。

渉たちはその後戦わずして破れ、追われ去るほかなかった。

慶喜には慶喜の正義があったのかも知れない。去ることが、丸く治めることだと考えたのかもしれない。だとしても、戦場に命を晒している兵士への言い訳はなかったのか。君臣、命の重さは違うのか……。

渉は、憤りを超えて空しかった。

会津戦争序曲

江戸の時間と会津の時間の流れには、大きな違いがあった。未だ慶応を流れる会津、薩長により明治へと流れ始めた江戸、日本の国には二つの時計が動いていた。

時系列に時を流せば、まず慶応四年一月三日に鳥羽伏見の戦いが勃発し、六日、慶喜が「開陽丸」で大坂脱出。七日に新政府は慶喜追討令を発令し、十日には慶喜ら二十七人を「朝敵」として官職を剥奪した。

それに対し、十一日に品川に到着した慶喜は翌日江戸城に入り今後の対策を練った。恭順か、抗戦か……。結果恭順に方向を向けた慶喜は、翌日早速に鳥羽伏見の戦いの責任者を処罰する。それは己ではなく、容保と桑名の定敬。両名の江戸退去を命じたのである。

庭の、松にとどまっていた雪がぱさりと落ちた。かすかな音ながら、容保の耳にはズシンと響いた。

「……なんすれぞ大樹、連枝を投げ打つ……」

容保はわずかに唇を震わせて、つぶやくように言葉を漏らした。

覆水盆に返らずば、雪も枝には返るまい。

容保は家督を養子の喜徳に譲り、家臣たちの前に大坂での不始末を涙ながらに詫びた。そして、わずか十六人の供と会津に帰って行った。

その後、大坂から引き上げてきた兵も会津に向かったが、渉はこの時会津に戻っていない。

廣澤安任《やすとう》と外島機兵衛、以下柏崎才一、浮州七郎、水島純、小出織之介、南寅次郎らに渉を加えた若い十一人に残留の命が下ったのである。その命とは、敵軍の動静を探り江戸表と若松表を繋ぐこと、つまり密偵である。

江戸では会津人を「会賊」と呼び、「会賊は潜伏しておらんか」「会賊を匿ってはおらぬか」と町の隅々まで探して歩くほど、危険な場所での危険な任務であった。

廣澤の世話で、小出は榎本宅、南は勝の宅、水島は大久保、そして渉は松平の宅というように分れて潜伏し、東海道の道筋を探った。

かつて昌平坂学問所ではそれぞれのお国言葉が飛び交い、論ずる交流の中で次第に互いの国の言葉も理解できるようになっていた。そんな為ではなかったものを、それを活かして敵の情報を得ようという。知ることもまた悲し、かつての友のお国言葉であった。

年長の廣澤と外島機兵衛は、総督府への陳情の道を探っていた。藩主容保の冤罪を雪ぐこと、徳川の社稷《しゃしょく》の全う、そして西郷と面談して戦を防ごうと奔走していたのだった。だが、外島機兵衛が四十五日目にして病死してしまったため、渉も東海道筋を探りながら、廣澤と共に会津の安泰の道をも探る事になった。

しかし、廣澤と西郷との面談が叶うことはなかった。

一方、枝葉をバサリと落として恭順を示した慶喜は江戸城を出て上野寛永寺で謹慎、沙汰を待つ身となった。

慶喜の周りは、助命嘆願や徳川家の存続に動くが、西郷はなんとしても武力をもって徳川を征したい。いよいよ完全なる旧体制の解体に向け、江戸城への進撃を慶応四年三月十五日と決めた。

ここに、勝海舟が動く。

「江戸の町の焼失は避けんとならん」

「諸外国の前にも、江戸は無傷に置かねばならんぞ」

山岡鉄舟を準備交渉にあて、開戦回避に向けて動いた。そして、勝と西郷の二回の会談を経て江戸城の無血開城が決まるのである。

ここで西郷が言った。

「慶喜殿はもとより、殿を助けた諸侯の命にかかわる処分はせんばい」

そう、西郷は確かに言った。

かくして三月十四日、江戸襲撃予定の前日に江戸城無血の明け渡しが決定された。

同時に、京都では天皇による五箇条からなる御誓文が明治国家の基本方針として示されたのである。

ここで終止符が打たれたかに見えた。だが、歴史の転換がそう簡単であろう筈がない。

戦とは人の悲しき性か。新政府軍として戦った勝者にとって、江戸城の無血開城はあまりにも手ごたえがない。振り上げた拳を何処に下ろせばいいのか、まだ激しい拳を振り上げたままなのだ。

そこで会津。腰砕けの徳川に替わり、拳を振り下ろす先は会津に向けられた。朝廷、幕府のために誠心誠意尽くしてきた会津は、この時最たる朝敵とみなされたのである。

会津はこれまで何度も恭順の意を示している。だが新政府は「会津はまだ戦う気でいる」と言い、仙台藩や米沢藩に会津追討が命じられた。しかし、東北諸藩はなんとか会津を救いたかった。もうこの辺で良いのではないかと、会津藩赦免の嘆願書を奥羽鎮撫総督に提出するもそれは拒絶された。そして、三月十九日には、新政府軍の会津、庄内藩討伐隊が仙台に入ったのである。

総督には、会津に温情を見せる公家の九条道孝が就いていた。しかし、実際の権限は、下参謀の薩摩藩士大山格之介と長州藩士世良修蔵が握っていた。新政府軍の要求、いや世良の要求は容保の首と喜徳の身柄預かり、そして鶴ヶ城の無条件開城であった。

無血の江戸城、首は据えたまま謹慎の慶喜。会津にも無血開城を求めながら、世良は容保の首という徳川以上の罪をかけた。

会津には、とうてい受け入れられる条件ではない。そうこうする内、世良修蔵が仙台藩士に暗殺されるという事件が起こった。それは世良の大山に充てた密書「奥羽皆敵」の四文字によるものだった。新政府側に動きを合わせていた仙台藩をも、「敵」と見なしていたのである。この事が、五月六日の奥羽越列藩同盟を結ばせることとなった。

渉の動きも忙《せわ》しくなっていた。

東海道探偵の報告のため三月に一旦会津に帰るが、四月には再び東海道筋の事情を探るべく江戸に戻る。そして会津へ、また江戸へ。東北の空に暗雲が立ち込めると、渉たちは幕府より大砲及び弾薬を貰い受け、陸路を避けて幕府より譲り受けた順動丸に搭載して新潟港へと向かった。

会津戦争

明治元年は慶応四年と重なる。実際は九月八日に改元されたが、遡って一月一日を明治元年としたためである。一月の鳥羽伏見の勝利も三月に出された「五箇条の御誓文」も、「慶応」の時代の出来事ではなく「明治」の始まりとした。

事実上は、まだ慶応四年の八月二十三日（一八六八年十月八日）のことだった。戸ノ口原の戦いで崩れた会津の城下に、怒涛の勢いで新政府軍がなだれ込んだ。

ガンガンガンガン　ガンガンガンガンガン
肌に寒さを覚えるようになってきたその日の早朝、お城からの半鐘が激しく鳴り響いた。

「一大事の折には城に駆けつけよ。叶わぬ時には見事果てよ」

戦場に赴く藩士たちは、家族にそう言い残していた。その一大事が、今起きた。激しく雨が降りしきる中、人々が走る。武家は城へ、町の人々は町中を周章狼狽、右往左往。

城の門に吸い込まれる人々は、並々ならぬ覚悟の上にあった。老人子供も命懸けで駆けつける家族もあれば、白い衣装を返り血であろう朱に染めた婦人の姿もあった。足手纏いになる子どもや年寄りを手にかけた後に、城の守りに駆けつけたのであろう。

渉の父は腰に刀、手に弓を携え、妻タカと共に西大手門に駆けこんだ。年寄りや婦女子千名を含む五千名ほどが入り、門は閉じられた。遅れて門に辿り着いた家族は、外で戦う覚悟をする者もあり、家に戻って命を絶つ者もあった。敵に辱められることを避けるのも、女の一つの戦い方でもあったのだ。

江戸から新潟へ、新潟から会津へと武器を運んできた渉は、すでに城内にいた。城に入った父母の顔をひと目見て頷き、またすぐに城の守備に入った。常有も城の守りへ、タカは時に炊き出し時に負傷者の手当てと、着の身着のまま粉塵にまみれながら忙しく立ち働いた。

砲弾は止むことなく打ち込まれ、壁は崩れ柱は折れ人々が次々に倒れ込む。目の前で、人が傷つき本当に死んでいくのだ。その死を悼む間もない。会津のそこかしこが激しい戦場となり、あちこちから火の手も上がり、城内外に屍が重なっていく。渉は戦況を探ろうと天守楼上に登った。望遠鏡を滝沢の坂に向ければ、背に多くの荷を載せた数頭の馬が行く。分捕りは戦の成果として、家々に残された家財や品々が奪われ運ばれていくのだ。会津の生き様を示す、大切な本や書類の果てまで運び出されている。政治と命と生き様をかけた戦場に、金と欲が蠢《うごめ》いていた。

外は砲弾と分捕りが交差し、城に籠もった会津は次第に追い詰められていった。

そんな中、渉に密命が下りた。

「なんとか、ここを乗り切らねばならぬ。米沢藩、庄内藩へ更なる応援を頼むしか無い。これを急ぎ庄内藩へ届けてくれ」

夜更けて、渉は容保の書簡を胸に密かに城を抜け出た。息を潜めて闇夜をくぐり、会津を抜け出て庄内へと急いだ。

その後も会津は連日の砲弾の嵐、そちこちから上がる火の手、大地は血に染まっていく。そんな会津の苦しみなどよそ事のように、九月八日、会津が知る由もなく年号は明治に改まっていた。

明治と改まった日々にも、慶応からの砲弾は会津に降り続いた。

そんな中に容保がふと外を見ると、月見櫓に群れていた雀が天守閣の屋根に飛び移り羽を休め始めた。なんと、この砲弾の轟く中、城内のこの惨状の中、雀は穏やかに天守閣で安らいでいた。

容保の唇から和歌がこぼれた。


またも世にさかゆる春をしろしめす　雀ちよよぶ若松の城

戦火の会津を抜け、米沢での使命を果たし庄内に辿り着いた渉は、役目は果たしたものの帰り道を敵兵に阻まれて動けなくなった。渉の前に使者として訪れていた伊東左太夫と萱野安之助もまた足止めを食っており、三人は只々南に向いて戦況を案ずる他はなかった。そんな数日を過ごしていたある日、夕日が落ち、明かりを灯そうかという頃だった。西の藪の中から、ウォーン、ウォーンと狐が三声四声鳴いた。

「狐の声は初めてぞ。今夜に限り何故に鳴く……」

「もしや会津に……」

三人が胸騒ぎを覚えたその夜、号砲はぴたりと止み、照る月が日々を労《いたわ》るように若松の町を抱いていた。

明治元年九月二十二日（一八六八年十一月六日）午前十時、「降参」の白旗が鶴ヶ城追手門に掲げられた。傷の手当てに用いられた白布を合わせ縫われた白旗が風に弱々しくなびく中、敵兵は肩をそびやかせて城内に踏み込んできた。

取り調べは夜中まで長引き、その間に会津藩葵紋の提灯は岡山藩池田家の揚羽蝶紋様の提灯にすべてが変えられていった。

女ながら新式のスペンサー銃を扱って戦った山本八重は、その夜鶴ヶ城三の丸の壁に涙ながらにかんざしで和歌を刻んだ。

明日の夜は何処の誰かながむらん　なれし御城に残す月影

翌二十三日、鶴ヶ城は開城。半分を慶応の年号で、もう半分を明治の年号の中に身を置いた一カ月の籠城は、日本の国のこの時代を象徴していた。容保は、屋根に遊ぶ雀のような平穏な会津をどんなにか願ったことであろう。はて、はたして庄内の狐は誰が使いに向けたものか……。

終わった……。

会津開城の四日後に庄内藩も開城となり、渉たちは丸岡村の天澤寺に集められた。そこには南摩綱紀ら数人もいた。この先見えない目を外に向けると、堂宇脇の茶室が見えた。聞けば、そこはむかし加藤清正の子である忠廣候が改易の末に二十二年を暮らした場所だという。渉は、その景色から目をそらした。

丸岡の天澤寺で謹慎の身の会津藩士たちに、酒田参謀局より帰国謹慎の命が届いたのは、二カ月近く経った十二月十三日のことであった。その三日後の十六日に庄内城下を発ち、会津若松に着いたのは暮れも押し迫った十二月二十八日。もはや罪人に疲れへの労りなどある筈もなく、着くや否やその夜の内に塩川に送られた。

変わらず謹慎の身ながら、先に塩川送りとなっていた藩士方々とかれこれ三カ月ぶりの対面は苦境の中にも顔がほころぶ。竹馬の友ならなおさらに。

「おう、渉！」

「市蔵……」

駆け寄った市蔵が、渉の手を固く握った。

市蔵が、小声で渉を部屋の隅に誘った。

「あっちさ、行ぐべえ」

座るとすぐに、市蔵が語り始めた。

「わしは地獄に行ったことはねぇげんども、地獄っちゃこんなもんなんだべと思ったぞい。あの西軍がなだれ込んできた八月二十三日の朝の事だ。わしたちは城に居て解がんねがったが、町の人々はたまげて慌てて、大川を越えて逃げんべとしたんだ。ところがな、渡し場はごった返して、そこは三途の川となってしまってな、三百人を超える人だちが溺死したそうじゃ」

市蔵は罪なき市井の人々の様子から話し始めた。そして、うら若き白虎隊の悲劇、家老西郷頼母の女家族二十一名の自害、婦女隊を組み薙刀で戦った中野竹子は城外に果てたことなど訥々《とつとつ》と語った。

子女、老人に至るまでの戦いは数千人の命を奪った。その、奪われた数千の命、それは一人ひとりの未来が断ち切られた無念の数。庶民の無念に至っては、ただただ恐怖だけの無念に違いなかった。

渉は声もなく、喉がゴッゴッと痛んだ。

一通り話してから、市蔵がごそごそと何やら取り出した。

懐紙だ。開けば、中に二寸にも満たない真っ赤な布切れがある。まるで、雪の上に散り落ちた赤い椿の花びらのようだ。

「これは」と聞けば、それは会津の降伏式に使われた緋毛氈の一切れだという。

「殿は降伏謝罪の書状を胸に降伏式に臨まれた。薄縁《うすべり》の上に控えさせられてな、向こう側で椅子に掛ける敵将の前に、我が公はこの緋毛氈の上を進まれて書状を差し出されたのじゃ……」

「何と……」

焦土と化した城下。降伏式は鶴ヶ城北甲賀町通りの路上、西郷頼母と内藤助右衛門の屋敷の間で行われた。麻裃姿で脇に小刀を差した松平容保、喜徳父子は、深沈たる態度で式に臨んだという。新政府側からは会津攻めの中心であった伊地知正治や板垣退助ではなく、人斬り半次郎とも異名を持つ薩摩藩士中村半次郎が降伏式の大役を担った。いや、新政府からすればそれは大役などではなく、単なる手続きを踏むための一役に過ぎなかったのかも知れない。その一介の藩士にすぎない中村半次郎に、容保は緋毛氈を踏んで謝罪状を差し出した。

鳥羽伏見の戦いを暴動として謝罪、朝廷への抗いの謝罪、天下を乱し罪なき人々を苦しめたことへの謝罪、謝罪、謝罪に染められていた。しかしその最後には、「一切は家臣に罪なく容保の罪である」としたためられていた。

果たして、鳥羽伏見の戦いは会津の暴動であったか。

会津がいつ朝廷に抗ったか。

会津がいつ天下を乱し、いつ罪なき人々を苦しめたか。

すべてが裏返し、それは新政府軍がしてきたことではなかったのか。それを、すべて会津の血で洗い流せというのか。

涉の目に、抑えても抑えても涙があふれる。

容保の謝罪文と同時に、家老萱野権兵衛以下七名による「容保父子の寛大なご沙汰を」との嘆願の書も出された。家臣が代わりに厳罰を受けるからと。

藩主、家臣、互いに思い互いに身を捨てた願い。さすがの中村半次郎も拳で涙を拭い、その場に臨んだ西軍の人々も涙を禁じ得なかった。結果は会津の敗戦であったが、または逆であったかもしれないそれぞれの身なのである。戦とは、勝つか負けるか生きるか死ぬか。しかし、その狂気が引けば血は静まり人は人に戻るのか……。

降伏式が終わると容保は一度城に戻り、家臣に深く詫び、別れを告げた。多くの戦死者の屍の重なる空井戸や、遺体を葬った二の丸の空き地にも手を合わせ頭を垂れた。そして、太鼓門から駕籠に乗り滝沢村の妙国寺に謹慎の身となった。

「あぁ、例え降伏式の毛氈が白ぐったって、会津の血の涙に真っ赤に染まったに違げえねぇ」

市蔵が深い息を吐く。

降伏式が終わった後、この屈辱を忘れまいと、藩士たちはその毛氈を小さく刻み持ち帰った。市蔵は渉にもと、ずっと懐にいだいていたのである。

会津の血と涙を吸い込んだこの緋毛氈は、後に「泣血氈《きゅうけつせん》」と呼ばれた。


めでたさも忘れられた明治二年の正月が明け、庄内から護送されてきた渉たちは越後高田藩へと再び護送されることになった。正月の十三日、再びの市蔵との別れであった。

雪にかじかむ新潟への護送。越後街道の起伏ある峠を越え、会津の罪人たちの群れが行く。

三川辺りまで来た時だろうか。南摩綱紀が渉に耳打ちした。南摩は渉より二十歳上の昌平坂学問所の先輩で名誉ある「詩文掛」を務めた人物であり、ペリーの黒船に刺激されて洋学を深めた人物である。鳥羽伏見においても会津戦争においても、南摩は密命を受けて東奔西走した。ことに、伏見より江戸に戻った折には江戸にとどまり、廣澤や渉たちとはまた別に西軍への対応に奔走していたため、互いに情報を交わしあうという仲でもあった。

南摩が低く小さく言った。

「今宵じゃ！」

監視の目も緩む深夜に逃げよと南摩が言う。

「新潟の港まで走れ。カステルを頼るのじゃ」

この計画は少し前に南摩から聞かされていた。護送、護送と動かされ、この先どうなるかも見えない中で、南摩は渉の若い才能を惜しんだ。

渉は自分だけがと渋ったが、「会津の為じゃ！」と有無を言わせぬ語気に押されての決断だった。

その夜の丑三つ時、渉は密かに護送の一行から離れた。

かじかむ空の下、渉は雪あかりを頼りに新潟港へとひた走った。

新潟港近くで店を構えるオランダ人のカステルは、かつて渉が武器輸送等で世話になった人物であり、会津藩とことに渉に好意的な人物であった。

渉は治外法権ともなるカステルの家に身を潜め、会津藩士と悟られないよう「今井恭介」と名を変えた。そして、日々の大半を費やして英語やオランダ語、西洋学をむさぼるように学んでいった。

会津戦争終結からの日々は刻々と過ぎ、会津には様々な動きがあった。まず、会津藩への沙汰が下された。

滝沢の妙国寺に謹慎していた容保は「戦争の責任は、すべて余にある」と、一歩も譲らない姿勢であった。しかし容保の死をもって戊辰戦争の終結とするには、新政府にも戸惑いがあった。容保は明治天皇の父孝明天皇の信頼厚く、実際には朝敵ではないことを京都守護職時代から庶民とて知っている。いや、勝者である薩長こそが自らの暴力革命を奥底では知っている。

明治元年十二月七日、「容保の死一等を宥《ゆる》す」という旨の勅旨が出された。しかしそのあとに、「首謀者を誅し、以って非常の寛典に処する」と続く。つまり、藩主の命は奪わないが、首謀者の命をもって寛大な処置をするということだ。

終止符を。鳥羽伏見の戦いから戊辰戦争の終止符を打たなければ、新政府はどこか落ち着かない。正当性を民衆に示さなければならない。

一連の戦争の責任は徳川ではなく会津、徳川慶喜ではなく松平容保、直接の首謀者は会津藩という筋書きになる。結局、会津藩とその家老たちが、徳川三百年の江戸という時代の幕を閉じるという大役、いや人柱の役を担うことになったのである。

藩主の身代わりとして、家老田中土佐、神保内蔵助、萱野権兵衛が戦争責任者として死罪を命ぜられた。しかし、田中土佐、神保内蔵助はすでに自刃しており、萱野権兵衛一人が責任を背負い切腹することになった。

忠臣権兵衛は「藩に代わって死ぬのは喜びでもある」と、顔色も変えず平静なまに、明治二年五月十八日、四十五歳の命を閉じた。

死出の衣装は「われら親子の身代わりに……すまぬ」と涙ながらに詫びる喜徳が自ら一旦手を通した後に、権兵衛に手渡された。

容保からは御懇書が届き、容保の姉照姫からは和歌が届けられた。


夢うつつ思いも分かず惜しむぞよ　まことある名は世に残れども　照

容保にしても、喜徳や照姫にしても、己が死ぬことよりも辛い。精いっぱいの権兵衛への詫びであり、権兵衛はその藩主や会津の思いをすべて背負って死出の途に就いたのである。

そうして権兵衛の死をもって戦争責任が裁かれたわずか半月後の六月三日、容保の実子、容大《かたはる》（幼名慶三郎）が誕生した。母は容保の側室佐久である。この死と生がこれまでとこれからを分け、会津藩のそれからの行方を導いていくことになる。

明治二年十一月、会津に松平の家名再興が許された。

家督を相続することになったのは容保の実子、運命の子容大である。まだ生まれて半年に満たない無欲の赤子であった。

その赤子の藩主に、北の果て陸奥の国三郡三万石が与えられた。

明治三年一月五日には四千七百名の謹慎が解かれ、藩士たちは北へと向かう。

そして、時を待たせた渉の元に「下北へ」との伝令が届くのである。

渉が新潟港で待っていると、会津からの最後の藩士たち一行が到着した。

「渉……」

渉の名を呼び、一人の男が大股に歩いてくる。

「市蔵……」

もはや罪を解かれた二人の再会だった。

二章　斗南哀歌

流浪

日本海は呉須色をして広がっていた。

水無月の泣き空は水平線で海と交わり、行く先の道しるべを見せない。

夏鳥が空を来て、冬鳥の如き蒸気船は北の果てへと向かう。

希望より不安の勝る旅路であった。

新潟を発った船には婦女子が数人混じっており、大人たちが船酔いに苦しむ中で、子供らは初めての船旅にはしゃいでいた。それをせめてもの慰めとして、呉須の海原で三日を過ごした。そして水無月二十日、渉たちを乗せた蒸気船は、津軽半島龍飛岬を周り込んで夕暮れの陸奥湾へと入った。

海に沈む夕日は、壮大で何処か物悲しい。

「おう、あれを見よ」

「陸地、陸地だ」

人々が甲板に出て指差す陸地は、夕日の傾きと共にその距離を縮めていく。

そして、降り立った安渡は小さな淋しい港だった。

「ここが、これからの会津か……」

久々の大地に降り立った人々は、小さな安堵の声を上げたものの、不安そうにあたりを見回していた。

この港町で一晩体を休め、渉たち若い藩士二十人ほどは早朝に宿を発ち、藩庁を置く五戸へと急ぎ向かった。

林の陰から鳥が鳴き、遠くに海鳥が飛ぶ。

道の西手には荒々しい海が続き、東手には歩けど歩けど茫々たる景色が広がっていた。

「夏になるというに、暗い海だ」

「荒れ野ばっかり続いている……」

内々に皆が思う。そして、誰となく立ち止まれば、誰となく言葉を漏らす。

「……体のいい、流罪……だべ」

「勝てば官軍、負ければ賊軍つう事よ……」

後ろの方でボソッと弱音がこぼれる。だが、誰もその声を咎めはしない。みな同じ思いなのだろう。渉の胸も暗雲に陰るものの、ここまで来たからにはこの現実を受け止める他はない。もう、戻る道などないのだ。

吐息に無言、渉たち一行を澱んだ空気が包んでいた。その時、

「いやぁ、なんともやり甲斐のありそうな所じゃねぇか」

のんびりとした市蔵の声が重い空気をぷちと突き、その針のごとき穴から糸のような空気が漏れた。

「ん……」

「ふっ……」

「………確かになぁ」

「はっは、確かに。やり甲斐があり過ぎそうだべ」

「出たな、市蔵節！　ものは考えようつぅわけだな、はっはっは」

凝《こご》った空気がほどけだす。

──市蔵よ──　渉は友の背を軽く叩いた。

笑えば人はほぐれる。しかし、この状況が笑って済まされるものでないことは重々承知。それでも、藩士たちの胸の奥に赤い火がちろりと灯った。

「この地に会津を再興する」と。

渉たちが新潟を発ったのは明治三年の六月、第一陣よりふた月ほど遅れてのことであった。謹慎の解けた旧会津藩士たちは、江戸から、会津から、それぞれの地から発ち、陸路を辿るものあれば海路を渡るものありして、約二千八百戸、一万七千三百余人が北の果て下北を目指した。

まずは、旧盛岡藩の五戸代官所に藩庁を置いた。まだ藩の名もなければ藩主の姿もない、間借りのにわか藩庁である。五月の十二日には容大に藩知事の任命が降りたものの、一歳に満たない乳飲み子の身はまだ若松の地にあった。

その幼少のまだ姿なき藩主に代わり、権大参事の山川浩、小参事の永岡久茂と廣澤安任を中心に、藩政を推し進めることになった。

山川浩は、御年二十五歳。会津戦争の折までは山川大蔵を名乗っていたが、敗戦後に浩と改名した。一代で家老にまで躍進した重英を祖父に持ち、父重固が若くして亡くなったため十五歳で家督を継いだ。戊辰戦争では若年寄として参戦している。山川は、思慮深く機知に富む。

永岡久茂、三十歳。奥羽越列藩同盟時には、同盟締結のため、家老梶原平馬の片腕として奔走した。弁舌、外交折衝に長けた人物である。

廣澤は、山川らのように高い身分の出ではない。だが、昌平坂学問所では書生寮の舎長を務めるなど人物に優れ、松平容保の京都守護職時には、公用方として公卿、諸藩士、新選組などと交流を持って動いた。また、文久二（一八六二）年に幕府がロシアと国際談判に向かった際に随行を勤め、その往復に下北の地勢や風俗などを見ている。下北の事情に最も詳しい男で、このとき四十歳だった。

二十、三十、四十代の三人が斗南での藩政を導くわけだが、この三人、実は下北への移住を強く推した者たちでもあった。

藩主を幼い容大として家名の再興が許された折、「猪苗代か陸奥の国北部いずれか三万石」の打診があった。その時、重臣たちの意見は真っ二つに割れた。

猪苗代に残れば会津の地を離れることはない。しかし会津の地となれば、新政府の監視の目も厳しいはず。それに、失われた会津、荒れた会津を見続けるのも辛い。それならば「会津の地を離れ、広い北国で新たな国づくりを」と、主張した中心にこの山川たち三人がいた。

先発隊到着から二カ月近くが経ち、六月に入ると藩士たちが次々と下北の地に到着し、七月には藩名が「斗南」と命名された。斗南藩領は、下北半島の突端大間や安渡、田名部、野辺地あたりまでの地と、間に七戸藩領を挟んで、その南の五戸や三戸などにまたがっていた。

かつての会津二十三万石は、いまや斗南藩三万石の身。いや、その三万石とて虚像。これまで築き上げてきた、肥沃な会津の地は今や幻。新たに与えられたのは、火山灰地質の赤茶けた土、三万石とは名ばかりの七千五百石にも満たない不毛の地であった。

聞くと見るとは話が違う、その現実に戸惑い不安が襲う。だが、不安や戸惑いは会津藩士ばかりではない。そこに住む住人たちもまた、であった。

これまでの盛岡藩は戊辰戦争で奥羽越列藩同盟に加わった為、かつて仙台藩領であった白石に転封となり、今度は盛岡藩を巻き込んだ張本人の会津藩の領民となるのである。しかも、この不毛の地に一万七千三百余人もの他所者がなだれ込み、食うや食わずの貧しい中に、会津の武士たちを受け入れなければならなかったのである。戸惑わないはずはない。しかし、それでも新しい藩主を人々は軒提灯を灯して迎えた。

共に生きなければならない身なのであった。

この地に着いてからかれこれ半年が経ち、渉は北の果ての地で初めての冬を迎えていた。ヒューヒューと、海風が音を立てて冷たさを運んでくる。会津の冬とはまた違う海を渡ってくる寒さは、皆を震えさせ戸惑わせていた。そんなある日、待ちに待った吉報が届いた。会津からの藩士家族たちが、まもなく到着するというのだ。

会津に残っていた負傷者や藩士家族に、斗南への移住指示が出たのは十月に入ってからのことだった。陸海分かれ、海路を来たものは既に着いているが、陸路を来る数百人の到着が遅れていた。その人々が間もなく着くという。会津を出るのも遅ければ到着も遅れている父母を案じていた渉は、その知らせにまず安堵した。


見えてきた。

すでに白く染まった大地の遠くに、長い人の波が揺れる。

一行の姿が次第に近づき、迎える側も駆け寄り、距離は縮まり雪さえ熱い。

だがその距離が縮まるに従って、喜びの笑顔で迎え出た人々誰もが「はっ」と息を飲んだ。

汚れて窶《やつ》れて疲れ切り、まるで物乞いの群れかと見まごうほどの一行の姿だった。迎え出た人々の血が凍る。

会津からかれこれ百五十里、六百キロ。その道のり、その陸路を、この地に向かってひたすら歩いてきたのだ。海路を来た人々は三日もの船酔いに苦しまされたと思っていたが、とんでもない。陸路の人々は、この寒空の下を一カ月近くもかけて歩いてきたというのだ。

「野に寝て、這うように歩いてなぁ……」

「ようよう、辿り着きもした……」

「着の身着のまま、まるで物乞いのようだべ。ハハッ」

老人が唇をゆがめて泣くように笑い、迎えた藩士たち誰の目も血のように赤い。

この旅を共にしてきた一行は、ほとんどが老人や婦女子や病人であった。

前年は凶作で、米の値も跳ね上がっていた。更に、もはや賊軍会津の家族に宿泊を拒む旅籠も多かったという。霙《みぞれ》や雪に濡れるも着替えの着物もなく、水のような粥をすすりながら、ひたすらここを目指してきたと、そちこちから絞るような声が聞こえてくる。そして、新天地を見ることもなく、途中命を失った者も多かったという言葉も……。

どんなに辛い旅路であったことか、誰もの胸を痛みが突き刺す。

渉は、父と母の姿を探した。そして、

「父上……」

一瞬父とはわからないほどにやつれた、父の姿を見つけた。次いで、かすれる渉の声は、「母う・え……」と探す。だが、虚ろ気な目をした父の顔が左右に小さく揺れる。父は語らず、語らぬ父に語らせず渉は黙した。その、言葉のない言葉の中に母がいると切なく悟った。

あぁ、下北までの旅路もまた戦か……。

会津はまた、ここに多くの命を失ったのである。


しばらく経ったある日、渉と父の住む百姓屋の小屋の前に、一人の少年が立っていた。少年は深く会釈をすると「私の父は、黒河内式部と申します」と言い、自分は「良」という名だと名告った。

黒河内式部は、会津藩軍事奉行用人の要職にあった。その子息良が、渉に話したいことがあるという。家に上がるよう勧めたが、ちらと中を気遣い、よそで話したいと言う。二人は少し離れた小屋に身を移した。

土間の窪みに火を熾すしばらくの時が過ぎても、少年はなかなか話し出さない。

薪を足して、渉が話しかけた。

「そなたは、式部殿のご子息でござったか。父君はあの戦で、朱雀隊の総督として戦われたそうじゃな」

渉の言葉を呼び水として、少年が話し始めた。

「はい。父は、あの激戦の中に戦死いたしました。私はその時十三歳で、白虎隊に加わることは出来ませんでした」

無念そうな顔をした後、「ですが、護衛隊に願い出て戦いました」と言って、キッと口を結んだ。

「そうであったのか。私はあの時庄内にいて、最後の会津の様子は詳しくはわからん。良殿はその後どうされたんじゃ」

「私はあの後、戦死された忠義なる諸先輩方のご遺体を、伴百悦様のご指導の元に改葬するお手伝いをして参りました」

良は、聡明そうな顔を渉に向けて丁寧に話し、目上への敬語を崩さない。

「お父上もご立派ながら、良殿もご立派な働きをなされたものよ。しかし、ご苦労されたようじゃのう」

渉は目の前の、わずか十五歳の少年の苦難に胸が詰まった。

「して、父君の埋葬は済まされたのか」

「いえ……。父はあの西軍襲来の日に、六日町御門辺りで命を落とされたと聞きました。後に母と二人で参りましたが、そこは草の生い茂る荒涼たる地にございました……。草をかき分けかき分け、母はせめて軍服の切れ端でもと、涙ながらに探しておりました。ですが、何も……。暮鐘が鳴っても、母はその場を立ち去ろうとはせず……」

ときれときれながら言葉を崩さず、健気に話す良の喉が時折ゴクリと涙を呑む。

そして、その苦は自分たちばかりではなかったと良少年は言葉を絞りながら言った。

「私よりも、一緒に参りました幼い黒河内直美は会津を発つ時より父も祖父母もおりませぬ……」

「そのお子とは？」

「黒河内伝五郎様の孫、百次郎様のご子息にございます」

「あの、剣豪伝五郎殿のか……して、伝五郎殿、百次郎殿は……」

「北越で重症を負われて伏せておられました百次郎様は、西軍が城下に傾《なだ》れ込んできた時に足手まといになるまいと、自宅で切腹されました。御年六十五歳の伝五郎様は、すでに目を病んでおられましたが、百次郎様の介錯をされたそうにございます。そして、その後伝五郎様も切腹、奥方様が介錯をされ……うっ」

良は嗚咽をはさみながら続けた。

「奥方様は、伝五郎様のご遺言どおりにお二人の体を二つに分け、その首を井戸に沈められたそうにございます。敵に渡すまじと……」

狂気の役目を果たさねばならなかった伝五郎の妻女の、その後は聞くまでもない。

良が切なげにしゃくる。しかし、涙を拳で急いで拭いた。

「小川様、先程もお話しいたしましたが、私は諸先輩方の改葬をお手伝いさせていただきました。会津降伏から一年が過ぎた九月頃、ここに発つ少し前のことでございました。仮埋葬されていたその場を人夫が掘りますれば、そこには棺にも桶にも収められることなく、何十人ものご遺体が積み重ねられてありました。着衣は腐り、ご遺体は腐乱し、流れ出たる液体は……」

少年は一旦言葉を止め、そして続けた。

「その液体は、茶褐色、薄青色、鼠色が混じり合って、異様にキラキラと光っておりました。キラキラと……」

そして深く息を吸い込んで、「もしや父上もかと……」とつぶやいた。そして、

「あれが人でしょうか。世の為と必死に戦って生きた、人の最後なのでございましょうか」

涙を吐くように言い、更に低く重く言葉を続けた。

「あれは、仮にも埋葬とは申せませぬ。ただ捨てたとしか……。あのような仕業が、人として許されるのでございましょうか……」

少年の目の端に、赤い怒りの色が混じっていた。

本来なら未来を夢見るべき少年に、なんと残酷な光景を見せてしまったのだろうか。戦とは残酷の極みである。渉は、この少年にかける言葉に詰まった。

しばらくの間をおいて、渉が尋ねた。

「良殿、ここにはどの道をこられたのじゃ」

「はい、藩士の家族たちは二手に分かれて発ちました。一方は新潟から乗船するため坂下に向かい、我ら陸路より目指すものは奥州街道を目指したのでございます」

「そうか、陸路をこられたのか」

「はい。若松を発ち、紅葉に燃える滝沢の坂を越えて参りました。滝沢の峠は、振り返り坂。前に行く人、後から来る人も皆、若松の町を振り返り振り返り、故郷との別れを惜しんでおりました。私も母や妹弟と共に、歩んでは振り返り、歩んでは振り返りながら進みました。

祖先以来二百年を過ごした地、祖先の墓と亡骸知れぬ父を残し、見知らぬ地へと進めなければならない足は、石のごとく重いものでございました」

良少年は少し遠い目をした。

七曲りの滝沢の坂は、遠くに若松の町を覗かせ見せて、せめてもと赤や黄色の衣装をまとって見送ってくれたのであろう。

良は胸の内にある張り裂けそうな思いを、誰かに語りたかったのかも知れない。

渉はそう思った。だが、この少年の渉に向けた告白は、実はこの先にあった。

「私の話ばかり申し上げて、申し訳ございません。会津からここに参ります途中、小川様のお父上様、お母君様に大変お世話になりました。その御礼を申し上げねばと伺いました」

「なんと、母をご存知か？」

「はい。共に口に入れるものも少ない中で、若い私たちに食べ物を分けて下さったり、母が亡くなった時にも大変にお世話になったのです」

「途中、お母君が亡くなられたのか」

「はい。歩き続けて疲労が重なる上に、雨に濡れ霙《みぞれ》に打たれ、母は農家の小屋の軒下で命尽きました」

「なんと」

父を失い、母まで失った十五歳の良少年に、渉は掛ける言葉がない。

「ご自分も疲れておられるのに小川様のご両親が手伝って下さり、桑畑に穴を掘り葬りました。その場から離れ難く打ち沈む私を、お二人は前に進めとお連れくださったのです。その三日後のことにございました。……小川様のお母上様も……。お身体が燃えるような熱を出され、そして……」

語らねばと語り、嗚咽を漏らす良の背を、渉は心を込めてさすった。

「……そうであったか。良殿、よくお話し下された。父上は何もお話しなさらぬ。口にされるのも辛いのであろう。良殿、世話になったのはこちらの方ぞ。お礼を申し上げる」

良は涙に濡れた目で、最後にこう話した。

「お父上様は山の木を一本抜き、埋葬された土の上に目印となるようにと植えられました」

そして「必ず迎えに来る」と、言葉を添えたという。

これを語るに常有の耳を避けた良のはからいは、共に胸の内の慟哭ゆえだったのであろう。


その夜、渉はまんじりともせず天井を見つめていた。

あの籠城の際に、僅かに顔を合わせたのみで別れた母は、どんな思いでこの世に別れを告げたのだろう。良が、「お身体が燃えるような熱を出され、そして……」と言った。燃えるように熱かった時、母の命はまだこの世にあった。だが、「そして……」冷たくなっていったのだ。見知らぬ地の土とならざるを得なかった母の最後が脳裏に浮かび、渉の全身を凍らせる。

すでに兄常道は、戊辰の役の折りに遊撃隊小隊頭として出陣し、白河の激戦の中でまだ三十二歳の若い命を散らした。その悲しみに夫婦で耐え、手を携えてこの地に一縷の望みをかけて向かったに違いない。なのに……。

いま母はせめて兄に会えたかと、彼岸での二人の再会を願う他はなかった。

黙っていることが多くなった父と二人、渉は田名部のはずれの百姓家の小屋を借りて暮らしている。貧しいとしか言いようのない、貧しい日々である。母がここに来ても辛かったであろう。「……しかし」と思う。けれど、未だ母について語ろうとしない父の胸の凍土こそ、生涯融けぬであろう。

遠くに狐の鳴く声がする。松林を吹き渡る風の音、隙間風の入り込む物置小屋。

傍らに眠る父に目をやれば、骨の透ける寝顔が切ない。

若かりし父常有が、矢を飛ばし競う「遠矢」において、二百三十間(約四百十四メートル)という稀なる距離を出したことがある。その記録は後に門人の本田行忠に抜かれるも、常有は教え子に抜かれたことを喜んでいた。そんな弓術とその指南が誇りであった常有が、あの籠城の折に、意外なところでその弓を使わねばならなかった。

一度そのことを、渉に語ったことがある。

「あの時、攻め近づく敵軍から城を守る為とはいえ、近辺の屋敷に火矢をかけねばならなくてのう」

間をおいて、「日新館にも……」と言って口をへの字に結んだ。

誇りである日新館、自慢の弟子を育て上げた日新館、住まいであった日新館に向けて、常有は火矢を放った。そうしなければ敵の動きは見えず、家屋に隠れ攻められれば城は危うくなる。仕方ないとはいえ、百年の計を以て人をつくり国をつくる会津の大事な学び舎を、我が手で崩したことは常有の一生の悔いだったのだろう。夢にでも見るのか、常有は時々うなされていた。

この世から去らなければならなかった母と兄、この世を生きなければならない父と我が身。渉の胸は氷のように冷え込んでいく。

「ホーホッホー」

フクロウがしじまを引き裂く。

帰りゆく黒河内良の後ろ姿が、目に浮かんで消えない。

―我が身ばかりではない―　彼はそう言った。彼のように両親を失った少年もおれば、この世に存在することを絶たれた人々の彷徨う魂も数しれない。

涉の胸に、今も会津藩士の誇りは揺るがずにある。しかし、足元がぐらつく。

「なぜ、いま吾らはここに身を置くのか。会津藩は、何かどこか間違っていたのか」

この問いが、脳裏を駆け巡る。だが、その「何か」が見えない。

その問いは、涉のみならず、藩士たち誰の胸の内にもくすぶっているに違いない。いやむしろ、彷徨う藩士たちの魂こそ、一番に問いたいことなのかも知れない。

「その思いに、いつか答えなければならない」

涉の胸にそんな思いが芽生えていた。

雲散霧消

斗南は、もともと作物の実り薄い地である。食するものは足らず、開墾しようにも耕す道具さえも足りない。草の根を掘り、豆腐の粕まで貰い受けて食しなければ命は繋げない。地元民からは「会津のゲダガ（毛虫）」「会津の鳩侍」と陰口を囁かれながら、他藩や新政府にも援助を求め、意地も鋤《す》き込みながら会津藩の再興を目指した。だが、刀を鍬に持ちかえ土と汗にまみれて耕そうとも、大地は一向にほほ笑みはしない。何年もこの地に暮らし耕してきた人たちでさえままならぬものを、にわか百姓がうまくいく筈はない。

それでも、遠くに見える釜臥山は磐梯山、宇曽利湖は猪苗代湖と、斗南を会津に見立て心の内に誇りを保ち、この地に会津を再興させようと、己を鼓舞しながら皆が生きていた。それは会津藩の意地でもあり現実でもあったが、そもそも会津は学びの藩である。

明治三年四月に旧盛岡藩の五戸代官所跡に斗南藩庁を開設すると、そのわずか四カ月後の明治三年八月に一つの形を示した。斗南藩校としての、日新館を再開したのである。

―教育は百年の計にして、藩の興隆は人材の養成にあり―　これは藩祖以来の建国姿勢、人材育成こそ何をおいても取り組むべき施策。学びこそが会津の芯であり、会津の威風。荒れ地にもやがて咲かせと、希望の種を蒔く。

「貧しい暮らしの中にあろうとも、やがてを担う人材の育成を図らねばならぬ」

「藩の再興には教育、人材の育成が何より大事じゃ」

皆の意見が違《たが》えることはない。そこに、山川浩が一つの提案をした。

「日新館は藩校にて、藩士の子弟の学び舎ではある。しかし、我々を受け入れてくれた、この地の子供たちにも門戸を開きたい。いかがであろうか」

「この地の子たちを……」

「我々をゲダガや鳩侍と笑う、百姓の子たちを、でござりますか」

ふふと、皆が笑う。そして、

「学びに貴賤なし。『人づくりこそが国造り』にござりますな」

「そうよ、この地で新しい国造りをせねばならん」

「会津は藩祖の時代から、町民にも、子女にも学問を学ぶことを奨励されたもんじゃ」

「この地を豊かにするためにゃ、皆が豊かにならねばな。この地の子供たちの学びの場にもすべえぞ」

皆の意見が揃った。

会津より持ち運んだ書籍と、苦しい財政の中にも新刊の洋書なども買い入れて、田名部の大黒屋立花文左衛門からの借家に「日新館」を開いた。会津より持ち込んだ書籍の多くは「漢籍」で、「漢学」「和学」「神道」「歌学」「天文学」「習字」「音楽」「医術」「礼式」などにわたる書籍も、急ぎ加え揃えようということになった。

「だが、田名部近郊の子供たちはここに学ぶことができるとしても、斗南の藩士たちは各地に分散しておりますゆえ、田名部一カ所では教育が行き届きませぬな」

尤もである。

「教育の不均衡が起きてはならぬ」

会津は教育の平等性を大切にしていた。これまでも、江戸湾警備の折には日新館分校二校を開設し、京都守護職拝命の折には京都に、敗戦後の処遇も決まらぬ謹慎中にも日新館の形を保ち学んだ。ましてやこの不遇の中でこそ、人づくりが肝心であった。

この斗南での教育の均衡を図る策として、「日新館」の分校としての郷学校を開設することとし、田名部に四カ所、五戸に五カ所、三戸に一カ所、その他にも十を超える私塾が開かれることになった。それは素早かった。

国造りは人づくり。明治政府も学校の設立を模索していたが、学制が敷かれるのは明治六年のことになる。会津は、いや斗南では、素早く学びの体制を整えていた。

豊かな斗南藩一国を築くべく、山川浩たちは様々な策を打ち出し先導した。まずは食の安定を図るため、開墾に取りかかった。

田名部から四キロほど離れた場所に適した地を見つけ、各戸に一律三十石から四十石の土地を割り当てて開墾の自立を図った。この時農作業に向かうに当たり、山川は藩士たちに刀を外すよう指示した。地域の住民との距離を縮め、百姓に学ぼうとしたのである。まだ他藩各藩の武士は帯刀していたが、全国にも明治政府にも先駆けた「廃刀令」とも言えよう。

続いての都市計画は、まずは藩庁を置く新市街地を築くこと。田名部郊外の丘陵地に斗南ケ丘と名付け、早速に屋敷の建設が始まった。

かつての会津のような大きな屋敷は築けないが、大門を作り、井戸を掘り、一屋敷を百坪単位として土塀を巡らせた一戸建てを三十棟、二戸建てを八十棟と建て進めていった。

また、新政府の太政官による「戸籍法」が布告されるのは明治四年四月五日のことだが、斗南においてはそれ以前すでに「戸籍法」の制度が出来上がっていた。もともと開明的でもあった会津の「知」は、すでに明治政府に先んじて進みだしていたのである。

更に、長岡久茂の夢は大きかった

――斗南港上十年後　欲繁五洲々外船――

「ここに、長崎のような大きな港を作ろうぞ。そして領内の産物を外国に販売し、貿易を積極的に行おうではないか」

永岡は将来をこう展望し、十年後にはこの港が諸外国の船で賑わうことを夢に見た。海のなかった会津が、海を得た斗南での夢であった。

やがてその拠点にしようと、安渡村と大平村を合併して「大湊」と改称し、斗南港を大湊港と改めた。

こうして様々な施策は急ぎ進められたが、斗南ケ丘の開拓は思うようには捗《はかど》らなかった。「南部の殿さま粟飯《あわめし》稗飯《ひえめし》、のんどにからまる菜っ葉汁」と古くから言われてきたほど、実りの少ない地なのである。それでも、耕すほかはない。まずは米、そして、大豆、馬鈴薯、大根、蕎麦、小麦に麻に茶、蜜柑の木さえも植えてみた。桑を植え養蚕も行い、産業の振興も図ろうと、会津時代とは土地柄も置かれた環境も違う中で、この地での暮らしとこの地を豊かにするべく道を模索した。

苦境の中にも夢を掲げ大枠を組み立て、ようやく藩主容大を迎える運びとなった。明治三年九月二日、小姓冨田権造重光に抱かれて会津若松を発った藩主容大は、まずは五戸の三浦家の世話になり、明治四年二月十八日に田名部の円通寺に移したばかりの藩庁に入った。

藩主を抱き、貧しく苦しい暮らしの中にも会津藩再興の兆しが見えたかに思えた。ところが、ところがである。

田名部に藩庁を移してわずか五カ月後のこと、体制がひっくり返る通達が届いた。

「なにっ、藩を廃するだと!」

大参事の山川浩、小参事の廣澤安任や永岡久茂たち重臣を囲みざわめきたつ人々、その中に渉もいた。

江戸から名を改めた東京で、明治四年七月十四日、在京中の知藩事が明治天皇の前に呼ばれた。そこで廃藩置県の詔書が三条右大臣から読み上げられた。そしてそれは、早速に全国の知藩事二百六十一名にも伝えられたのである。

寝耳に水の、廃藩置県であった。

明治と改元し、一応新政府は出来た。しかし、再興が許されて会津が斗南藩となったように、全国にはまだ多くの藩が存在し、府・藩・県、三治体制の複雑な仕組みの中に世は置かれてあった。

有名無実の版籍奉還、大久保利通が目指した組織改革はうまく進まず実現せず、この府・藩・県という三治制を解かなければ難しい状態に政府は陥っていた。そこでの廃藩置県である。

「なるほど。新政府はいよいよ、力づくでも中央集権国家を目指すというわけか」

「藩に治められては、江戸幕府と変わらぬという思いなのであろう」

口にこそしなかったが、幼君容大に家督を継がせて藩を再興させ、温情を見せたというのは新政府にとっての表向きの顔、民衆の批判を躱《かわ》す策でもあり、実際は流罪であろうとは皆の胸の内にあった。

しかし、今度はその藩さえも無くすというのだ。

「あんまりに、唐突な話でねぇか」

「これまでの苦労は、何のためぞ」

「何のために、この北の果てまで我らは来たんだ」

「新政府の会津への温情は外向けで、最初から藩の消滅は視野にあったんだべさ」

「政権奪還の最終目的というわけだ」

「それもあろう。だが、そうとばかりも言えまいぞ。明治政府と衣を替えた所で、そう簡単には世の中を動かすことは出来まい」

「裏事情には、財政難も抱えているようじゃ。財源確保をにらんでおるのじゃろ」

実際、藩で運営されている石高を除くと、新政府直轄の府と県からの税収は、全国の四分の一程度にしか過ぎない。その上に、各地域で起きていた一揆などによって、収税は困難を極めていた。

流血も厭わぬ策で政権奪還を先行し、近代国家としての確たる青写真も持たぬままに権力を手にした新政府は、当初から運営や財源確保に苦しんでいたのである。

それにしても、この突然の廃藩置県令の裏に密議があったことを、人々は知らなかった。

大暴風雨の中の木戸邸。薩摩の西郷隆盛、大久保利通、西郷従道、大山巌、長州の木戸孝允、山縣有朋、井上馨の七人が集まっていた。

「明日、廃藩置県令が……」

皆が無言で頷く。

「もし、速やかに応じない藩があれば、武力に訴えることも……」

語尾を隠して行動を濁らすそれぞれの言を受けて、

「もし暴動が起きれば、おいどんが引き受ける」と、西郷が明言した。

またもや、暗闇で事が動く。

新政府はその力強い七人衆の背景を持ち、あれよあれよと言う間に事は動いた。版籍奉還から廃藩置県、この二段構えを持って幕藩体制は完全解体となり、新政府は全国を直接動かすこととなった。中央集権国家が成立したのである。

これにより、「斗南藩」はわずか一年余で消滅した。あっけなくの、移転、倒産、失業の様を呈して、会津藩は完全に砕け散った。

まだ何も整いもせず藩士たちのこれから先も全く見えない中、斗南藩は斗南懸となり、藩主容大は藩知事免職となった。ちなみに「懸」とは、木から首を紐でつり下げるの意味を持つ。これまで領地を所有していた一国としての「藩」は、流血を経て中央政府につり下がる「懸」となったのである。そして、生後五カ月で会津松平家の家督を相続しその後斗南藩の藩知事となった容大は、二歳でその大役を閉じた。運命にもてあそばれた容大は、まだ何の意味も知らずただ無邪気に笑っていた。

廃藩置県令が発せられて六日後、松平容保は容大の迎えに養子喜徳と共に東京を発った。まず函館に向かい旧藩士たちに会い、その後大間や大畑を経て、斗南の仮藩庁である田名部の円通寺に入った。そして、容大と対面。初めての、我が子との対面である。

「すまぬ……」

容保の目に涙があふれる。抱きしめられて容大も泣く。だが容大にとって、抱かれる父は初めて会う見知らぬ人なのであった。

そんな親子の姿に、家臣たちも拳で涙を拭く。

顧みれば、京都守護職、鳥羽伏見の戦い、一カ月籠城の会津戦争、死闘の末の敗北、斗南での辛苦……。数え切れないほどの、奪われた藩士や家族や町の人々の命。藩主として祀られた容大、乳飲み子を胸から引き離された母、我が罪を幼子に背負わせてしまった父容保。明日の身も知れぬ藩士たち。様々な涙がその場に混じり溢れた。

容保はこの地で一カ月を過ごし、各地を回り人々に心からの謝罪と礼を述べて歩いた。思えば、敗戦後の容保の日々は、謝罪、謝罪に染められていた。

最後に、もう一度の謝罪とせめてもの励ましの言葉を残して、容保は喜徳、容大と共に東京へと引き上げていった。


そして、藩士たちには我が身の始末が残った。

会津に戻る者、その地に留まる者、はたまた東京へ向かう者あり。また、送籍、名を変え姓を変え、会津の痕跡を隠す者ありと、藩士たちや家族、多くの人々が再びの混乱の中に置かれた。

「まるで、アリの巣に石が投げ込まれたようなもんじゃ」

「まっこと、右往左往のアリのようだべ」

人々にため息が漏れる。

「なぁに、さすけねぇ。石に潰されたわけでもあんめぇよ。土をかぶっただけだ。

アリは皆ちゃんと生きて、すぐさま歩きだすもんだぞい」

皆が振り返れば、腕組みの市蔵がいた。

「アッハッハ、以前はゲダガ、今度はアリか！」

「生まれ変わったら、次の世は蛙《かわず》やもしれんな」

天性の市蔵節に、みな愚痴も手も休めて和む。

この市蔵に、どれだけ救われてきただろうか。市蔵は、どうしてこうも明るく前を向いていられるのだろうか。もしかしたら自分への鼓舞であったとしても、人を明るさへと導く。本当の強さとは、こういうものなのかも知れないと渉は思った。


空蝉が木の枝に止まっていた。生まれた蝉は、ここに衣を残し何処に旅立っていったのだろう。そして、何処で命を燃やしたのだろうか。

あの、会津戦争の敗北から三年が経ち、斗南にわずかな秋が生まれていた。

「三年かぁ……」

気の遠くなるほどの年月が過ぎたかに見えて、わずか三年。されど、長かった三年。

市蔵は会津に戻ると言い、黒河内良は東京に向かった。多くの人が去りゆく中、斗南藩の整理のため、山川浩、廣澤安任らと共に渉はこの地に残った。

去って行く人々を見送りながら、渉は自らに問わずにはおれなかった。

「あの戦は何だったのか。会津の生き方とは、一体何だったのだろうか」

空蝉の渉に、市蔵が遠くから手を振りやがて見えなくなった。

三章　覚悟

新聞人

明治になって十年の時が過ぎた。

北国青森にも若草が生まれ、柔らかな風が桜のつぼみを抱いている。

「おや、もうこんな季節か……」

立ち止まって、渉は桜の一枝に手を伸ばした。枝先をそっと手繰り寄せると、いくぶん桃色がかった隙間から淡く青い空が覗いた。

「ふーっ」と柔らかな息がこぼれる。草木、空、風、そして桜、変わらぬものに包まれる安堵感かもしれない。だがそれは「あまりにも変わりきた我が身ゆえか」とふと笑い、渉は枝先の空を閉じた。


渉、三十四歳。

すでに髷は落とし、口髭と豊かな顎鬚《あごひげ》を蓄えて洋装に身を包んでいる。

すれ違った日本髪の女が、少し行ってから、ちらりと振り返った。傍目《はため》からは逸早い「明治の人」と映ったのかもしれない。だがそれは、別に「会津」を隠していたわけでも、「明治」に迎合していったわけでもない。髷を落とすことにさほど抵抗もなく、動きやすい服装に身を包んだ迄である。

涉は今、青森県初の新聞記者となっていた。

また、この間に妻を迎えていた。妻スミは、元会津藩士の娘である。会津籠城の折には薙刀持参で城に駆けつけ、城内では負傷者の手当や食事の世話をしながら砲弾をくぐり抜けた。その後は斗南に渡り、共に辛苦を舐めた言わば戦友のような女《ひと》でもあった。廃藩置県後に家族は会津に戻ったが、スミは涉に嫁いで青森に残った。

恋心などという甘い香に酔う余裕などはなかったが、父と涉の男所帯に一輪の花が添えられ、ささやかな華やぎが生まれていた。

今は、涉は住まいを青森町安方に移し、父常有と妻、そして生まれたばかりの娘を背負う身となっていた。

桜木の立つ川沿いの道行く涉を、越してきた日々が追いかけてくる。

涉を新聞の道へと進めたのは貧しさと政治への不満、いや願望だろうか。

—あれは、足元が崩れる思いだった—

廃藩置県直後の混乱を思い出す。

明治四年の廃藩置県は、会津の斗南での日々を打ち砕いた。もはや、武士でもなく藩士でもなく、張りつめた誇りも、己も衣服もすべてもぎ取られたような心許なさだった。

その時斗南には、次に歩き出すべく杖も草鞋も見いだせない六百数十世帯ほどの藩士家族が残っていた。すでに伝《つて》もない会津には帰れず、さりとて他の地に暮らせる当てもない。そんな多くの家族が方向性を見失っていたのだ。ここに、政府支給の救助米金でも打ち切られようものなら死活問題となる。生計の目処が立つまでの支給をと、恥も外聞も捨てて新政府に嘆願したほどであった。

生きるとは、まず食することである。

斗南に残った元藩士たちは、生きる術を必死で探した。私塾や寺子屋を開いた者も多かった。また、ついには出稼ぎという道に頼らざるを得ず、多くは海を越えて北海道の鰊場へと向かった。

渉は一時の田名部支庁長を務めて廃藩後の整理にあたり、その後青森県の権大属となった。だが、明治八年、渉はその職を辞した。

そのまま行政におとなしく関わる道もあったかもしれない。なのに、なぜに新聞へと流れたか……。

時代は変わったのだと自分に言い聞かせながら、渉の内には会津の無念が未だ燻ぶっていたのかも知れない。その胸の奥の熾火が、おそらく渉を言論の道へと誘った。また、多くの命と引き換えに生まれた新政府の、まとまらぬ政治や政治家の理不尽さを憂い、刀をペンに置き換えて戦おうとしたのかもしれない。

その発端は、ある事件にあった。


会津が生きる術を探してもがく中、廃藩置県から僅か二年後に「明治六年の政変」とも呼ばれる、間に朝鮮を挟んだ政府内の分裂が起きた。

その発端は、王政復古に基づいた新政府の樹立を諸外国に伝えたところ、朝鮮はこれ迄どおりの友好親善を求める日本の国書を拒否した。幕末までの日本同様鎖国状態にあった朝鮮は、西洋の文化を取り入れる日本の方針転換に不快感をもったのである。ついには、日本との国交を断絶した。

このことに憤慨した政府内では、朝鮮にも武力を持って開国させようではないかという声が高まった。「征韓論」である。この事が政府内の分断を生むことになったのだが、実はこの時政府首脳陣は国内に揃ってはいなかった。「使節団」と「留守政府」、海外班と日本班とに首脳陣が分かれていたのである。

新政府は、新しい政治を急いでいた。

まずは「富国強兵」を掲げた。明治三年の十一月十三日には、山縣有朋構想のもと、身分に関わらず各府藩県に対して一万石につき五人を徴兵するという徴兵規則を定めた。これにより薩摩、長州、土佐の軍は政府直属の親兵となり、この兵力を後ろ盾に廃藩置県を断行し、その後廃刀令などにより武家政治を一掃したのである。

他にも地租改正を行い、学制の導入を積極的に図った。また、天皇家は「皇族」、公家や貴族は「華族」、武士は「士族」、それ以外は「平民」と分けながらに四民平等を謳った。

いずれにしろ、早急な政治の転換を図ろうとしたのである。

先進国欧米に学ぶに手っ取り早いのは、その地を訪れることである。そこで政府は、廃藩置県令を出すやいなや、岩倉具視を団長とする大使節団を組んだ。そして、廃藩置県から僅か三カ月後の明治四年十一月十二日、岩倉具視はじめ大久保利通（大久保一蔵）や木戸孝允（桂小五郎）ら、政府首脳陣を筆頭に組織された大使節団が横浜港を発った。アメリカやヨーロッパ諸国を実際に触れ、西洋文明の逸早い日本への導入を目指そうとしたのである。その数、留学生も含めて百七名。期間は予定を大幅に超えて一年と十カ月、帰還したのは明治六年の九月十三日のことであった。

その間、廃藩置県の後始末や内政は、太政大臣三条実美や西郷隆盛、板垣退助らの「留守政府」に任された。

この「視察」と「留守」に分かれた中に、朝鮮との問題が起こったのである。「留守政府」の中で、「朝鮮への武力制圧を」との声が盛り上がるが、まずは朝鮮説得に西郷隆盛が当たることを閣議決定し、天皇の裁可も受けた。だが、岩倉使節団が戻ってそれが覆った。西郷が朝鮮に行くことに、反対したのである。

ここに、様々な理由はともあれ西郷は辞職した。土佐出身の板垣退助、後藤象二郎らも共に辞職して下野。更に政府に不満を持っていた六百人ほども、続いて辞職するという事態となった。

このことが明治十年の西南戦争にも繋がっていくのだが、まずは野に下った板垣退助、後藤象二郎らが愛国公党を結成し、翌七年一月十七日、「民撰議院設立建白書」を政府左院に提出したのである。

新政府を勝ち得るに結ばれた「薩長土肥」の連盟は結び目がほどけ、薩長の独裁的な藩閥政治と言われるようになっていった。

この、薩長閥問題は他にもあった。

陸軍大輔で元長州藩士山縣有朋の「山城屋事件」と言われる汚職事件、同じく元長州藩士の大蔵大輔井上馨による「尾去沢銅山汚職事件」など、職権乱用や汚職事件が起きていた。この問題が発覚し自殺者も生み出しながら、彼らは一旦辞職するものの、再び政治の中枢に復活してくるという不可解さがあった。

こうした薩長閥政治を板垣らは批判した。無論、平等権を得た庶民の目にも不審が生まれてくる。そんな中に、「民撰議院設立建白書」が左院に提出されたのである。

この建白書において、板垣らは薩長の独裁政治ではなく「天皇と臣民一体の政体を作るべき」と主張し、国民によって選ばれた議員による国会、民選議院の設立を訴えたのである。このことは、自由民権運動の始まりをも孕んでいた。

そして、この「民撰議院設立建白書」こそが、渉を新聞に向かわせる呼び水となったのである。

―あれは三年前になるか。あの時から始まった―

その時の興奮も、その場にいた皆の表情も、今もはっきりと渉の記憶に蘇る。


明治七年一月、雪の降りしきる夜だった。

「やぁ、遅くなってすまぬ」

本多庸一が、外套の雪を払いながら入ってきた。

「本降りになってきましたかのう」

そんな雪の降り様など気にも止めず「これを読んでくれ」と、外套を脱ぐのももどかしげに、本多が新聞『日新真事誌』を差し出した。

本多は元弘前藩士で、戊辰戦争の折に奥羽越列藩同盟から離脱して薩長同盟側に寝返った弘前藩に対し、「信義にもとる」と抗議して脱藩した男だ。だが諸々あって弘前藩に復帰すると、明治三年藩命により英語を学ぶために横浜に留学した。それをきっかけとして受洗し、キリスト教の道へと進んだ。その後海外留学を経て弘前に帰郷し、廃藩置県により廃校となっていた元弘前藩校「東奥義塾」を再興した。

まだ二十五歳の若さながら、教会を設立して牧会を行うなど布教に努め、その後には自由民権運動をも先導していくことになる。

そんなわけで、外国人とも関わりが深い本多には中央の新聞も手に届きやすかった。

この頃、渉の家には数人の仲間が集って世の情勢を熱く語り合うようになっており、本多から手渡された『日新真事誌』を皆が次々と貪るように読んだ。

「これはすごいな」

「建白書の中身が、こうして見られるとはなぁ」

「しかも、堂々と政府の政治を批判しているんでねぇか」

そんな、興奮気味の龜田真二や若者たちを見回して、本多が言った。

「中身もすごいが、まず『この新聞がすごい』とは思いませぬか」

なるほど、その新聞『日新真事誌』には、「天下の公議を活発化するため民選による議会を」との要望や、「士族や豪農、豪族ら平民にも参政権を」という内容が盛り込まれた建白書の中身、そして一部高官による独裁政治の批判までが書かれていたのである。

さっきから黙って腕を組んでいた渉が、

「時代は確実に動いている。国の政治の中身を知り、己の意見も言える時が来たのだ……」

そう唸るように言った。

「まさに、まさにですよ。小川さん」

本多が顔を紅潮させて言い、亀田たちが頷いた。

そして、話は更に熱を帯びていく。

「『横浜毎日新聞』や『新聞雑誌』とはまったく味が違うもんだな」

「さすが、ヨーロッパの新聞と同水準と言うだけの新聞だ」

「一月十七日に出された建白書が、次の日の十八日には新聞に載るっつう早業だ」

「あまりにも素早い」

「それもたまげるが、『日新真事誌』は左院の御用新聞なんだべ、なのに堂々と政府批判するとはまったくたまげる」

皆が驚き興奮するのも無理はない。これまでは、政権の内容が一般庶民にまで届くことはなかった。江戸の時代は無論、新政府になってもである。しかし、この「民撰議院設立建白書」の内容が、いまや『日新真事誌』に掲載されて、国民にも知られるところとなっている。世に広くではないにせよ、である。

「そりゃぁ、『日新真事誌』は別格だ。治外法権下の新聞ですからな」

そう本多が言うように、『日新真事誌』はイギリス人ジョン・レディー・ブラックが、ポルトガル人ローザの編集協力を得て、明治五年に創刊した日本語の新聞である。外国人による新聞のため、治外法権下におかれ、政府の顔色を窺う必要もなかった。ゆえに自由にものが言え、ブラックは言論の自由と民主主義による政治の改革を公然と主張した。時代は徐々に動きつつあった。そして、それはやがて一般人をも動かして、自由民権運動を深めてもいくことにも繋がっていく。

だが、方向を変えれば、こうした自由な『日新真事誌』によって政治の中身は筒抜け、その上批判相次ぐ記事に政府は不快感を募らせた。板垣の活動を発端とした自由民権運動も高まる中、民心も抑えなければならない。また、ブラックの国元イギリスとの関係も波立たせたくはない。

そこで、政府はある手を打った。

『日新真事誌』の中心にあるブラックを、新聞から身を引くことを条件に立法府である左院に顧問として招いたのである。そして、ブラックが新聞から離れ、左院の顧問に身を移して半年後の明治八年六月、政府は「讒謗律《ざんぼうりつ》」と共に「新聞紙条例」を発布した。

これにより、政府への批判を禁止し、外国人が社主になることを禁じた。挙げ句、わずか半年でブラックを解雇し、結果『日新真事誌』を廃刊へと追い込んだのである。

政府の、見事な足し算と引き算であった。

この一連の動きの中に季節は動き、北国青森も夏の盛りを迎えていた。

この夜は風がぴくりとも動かず、渉の家に集まっていた者たちを、じわりとした暑さが包む。その暑さがこもる中、部屋の中には更なる熱気がこもっていた。

「何と卑怯な手を使うもんだべ。飴と鞭、会津に斗南を与えてすぐさま廃藩置県を用いて取り潰す、その手口にまったくそっくりだ」

「戊辰の役に散々使った、薩長の得意技よ」

「それにしても、政府批判は名誉毀損で処罰対象とはなぁ」

「それよそれ、讒謗律とは恐れ入るもんだ」

「政府のやることに、何も言うなということか」

「なんと横暴な……」

皆が怒る讒謗律とは、新聞などの著作物での政治批判を取り締まる法律で、新聞紙条例は政府の許可なしには新聞の発行ができないのは無論、政治を批判した記事を載せることを禁止した法律である。これらの法律により、国家批判やそれを養護する記事を書くものは犯罪とみなされ、厳罰が課せられるのである。「民撰議院設立建白書」を契機とした新聞の政府批判に対する、明治政府の新聞取り締まり法であった。

こうして、報道の自由の芽は早々に摘み取られたのである。

それぞれの扇子がせわしくパタパタと動く。

襟元を広げ風を胸元に送り込んでも、皆の熱気は鎮まらない。

「これからの新聞は、いちいち政府の承認を受けてから発行しなければならんという訳か」

「これまでだって、多くの新聞は政府御用の新聞だったんでねぇか。さらにそれを強めるっていうのか」

「反政府言論活動の封じ策、というわけだべ」

「これで、各地に起きている反政府論者や自由民権運動を抑えようという訳だべが、世の動きは止められねぇべよ」

「むしろ、政府の興した風にもっと燃えるぞ！」

『日新真事誌』のブラックの解雇、新聞紙条例、讒謗律による締め付け、政府が言論の門を閉じようとしていることに、皆が怒り立つ。

これからの政治はどうあるべきか。新政府が一番迷っていたにしろ、敗北した側にとっても、世の中が良くなってもらわねば困るのだ。多くの血を流し、幕藩体制を覆してなった新しい時代なのだから。

「今や、朝敵、賊軍の身の我らが、政治を動かすことなんぞ叶わねぇ」

「だが、叶わんからと、諦めるのも知らん顔をするのもまた卑怯ではねぇか」

「そうだ。卑怯は倫理に欠けるものぞ」

「あの時、幕府も新しい政治に向けて舵を切り替えようとしていた。慶喜様も三権分立による政治を考えておられた。あのような血を流さずとも、互いが共に国の将来を考えれば、もっと早く新しい政治に向かえた筈だ」

確かにそうだ。だがそれは結果論であって、そうそう政治は綺麗には運ばない。皆の意見を最もだとした上で、渉が言った。

「批判するは容易《たやす》い。だが、かつての幕府も我が藩も、省みるべきことは多くある……」

確かに。その時代の正義に向かい本気で励んだことも、振り返れば足らぬことも多い。その時代の真中におれば、真剣が故に見えないこともある。

渉は続ける。

「我らには、それを身を持って学んだ斗南での暮らしがあった。大地に生きる多くの人々と苦難を共にし、力も刀も持たなかった人々の苦しみを知ったではねぇか。この立場に身を置いた我々こそ、本物の言葉を発することができるんではなかろうかのう」

皆が黙り、扇子を扇ぐ手も止まった。

その寸時の間を破り、本多が言う。

「そうです。その通りですよ。考え、参加するのです」

そうだ、そうだと皆が頷く。

「民撰議院設立建白書の中身を我々は知ることができたが、ほとんどの人は知らねぇままだべ」

「これは、本当は国民誰もが知るべきことではねぇのか」

「新しい世の中を作るには、今の政治を誰もがちゃんと知るべきだべ」

「その、知る手立てとは何か！」

亀田が立ち上がり、両手を広げて皆に問う。

「多くの人が、知る手立てとは何か！」

菊池という若者が、亀田を真似た仕草で皆に問いかける。

もう、胸にみな同じ答えを持っている。

「それは新聞！」

「新聞だ！」

本多が立ち上がり、左の手を腰に、右手の拳を振り上げて言った。

「新聞紙条例や讒謗律に沿うだけの新聞ではだめだ。新聞は自由で、もっと庶民に近くなければならない！」

「そうだ、そうだ」

紅潮した皆が、拳を上げる。

「この青森にも、『日新真事誌』のような新聞を作るんだ！」

「そうだ、吾々がやらずして誰がやる」

さっき誰かが言った。

「政府の興した風に、もっと燃えるぞ」と。

確かに、遠い北の果ての男たちの胸に火をつけてしまった。

そして、明治十年三月、「北斗新聞社」の看板は掲げられた。渉たちは、青森県最初の新聞社を創立したのである。

印刷業を同時に興した龜田慎二を社主に立て、行政の職を辞した渉は、青森県新聞記者第一号となった。

当時、一般の人々は「新聞」という名を知らない者も多かった。発行部数は千部前後の苦しい経営状況ではあったが、それでも世の人々の知る権利と知る手立ての魁となった。

渉は一時は社主ともなったが、経営の難しさから社名はいくつか移り変わった。社名を変えながらも、記事を書き続ける渉は、政治、言論、教育など多方面に大きな影響を与え「公議正論の人」と賞賛されるようになっていく。

しかし、新聞は一般の人々にとって世の中を知る窓となるが、一方の政府にとってはなんとも煙たい。涉の論説は「讒謗律」に触れるとして罰せられることも度々だったが、屈することなくペンに思いと主張を込め、涉はかれこれ十年の歳月を報道に携わることになっていく。


真新しい「北斗新聞社」の看板が見えてきた。看板だけが大きい小さな新聞社ではあるが、それでも大きな志を持つ城である。

桜のつぼみが膨らみかけた川沿いの道を歩きながら、涉は人生の一つの季節の中を歩いていた。

不知夜月《いざよいつき》

ここ数日、涉は病に臥せっていた。

ふと目を覚ませば、夜が明るい。

ゆっくり体を起こすと、窓辺で黒い猫が月を見ていた。誘われて見れば、不知夜月が空に浮かび咲いている。

田に水が入る頃に、温んだ皐月の空気が一旦冷える。そのためか、渉は咳や発熱、喉の痛みを覚え、加えてわずかに胸の痛みがあった。胸膜炎の疑いがあると、しばらくの安静を医師より告げられた。

病は気を弱める。一日臥せれば体は重く、二日臥せれば足が萎えるような気さえしてくる。三日、四日と経てば、先を案じながらいつしか後ろを振り返ってしまう。

明治も十六年が過ぎ、渉も四十の歳となる。随分と遠くへ来たような気がする。いや、来てしまったという思いだ。

「ふ〜っ」と腹の底から深い息が漏れる。

「前に進むだけで精いっぱいの日々だった……」

渉は、月につぶやいた。

言い訳ではない。激動の日々を突き進むのにただ懸命だった。

あの戦あの暮らしを経て、ある者は百姓へ、ある者は鰊場に出稼ぎに、そして渉は会津藩士から斗南藩士、行政、報道へと流れて十六年という年月が流れていた。

気づかぬ内にも、これ以上張ることが出来ないほどに心を張りつめて生きてきた。己を見つめることなど、久しく忘れていた気がする。そんな、自分さえ気づかぬ自分を誰が知ろうか。己の体だけが、黙して切なく支えていたのだろうか。

いや、月が見ていた。

あの激しい戦も斗南での苦しみも、ぬかるみの道を歩く姿も、月は全部見ていたのだ。そして今日、あの花ような月のまなざしが、渉の心を撫でてしまった。撫でられるのは、責められるより辛い。これまでがほろりと崩れて、月が潤んで揺れる。母に抱かれるような柔らかな夜に、渉はしばし身を預けていた。

と、急に黒猫が光る目で振り返った。

「痛い！」

まさか、父の放った矢か。

「何をしておる！」

三年前に逝った父の、日新館にいた頃のキリリとした声が渉の耳を射抜く。

斗南に移り住んでから無口になったまま逝った、あの幼き日々に聞いた張った父の声が痛くも懐かしい。危うく涙がこぼれそうになる。

低く重く、父が耳に言う。

「よもや、あの辛苦を忘れたか」

「いや決して、あの苦味や痛みを忘れていたわけではありませぬ。ましてや、会津から心が離れたことなどありませせぬ」

渉は唸るように言う。

「ではなにゆえ動かぬ。すでに不惑の年ぞ」

四十歳にして、何を惑うかと父が言う。いや、父ばかりではない。睨みつける父の周りで、彷徨う多くの藩士たちの魂がすがるような目をして渉を見つめている。そして、「帰るべき故郷がありませぬ……」と、寂しい顔で言うではないか。

渉は胸を抑え込む。深い闇に突き落とされたように心が立ちすくみ、ひりりとする喉から苦味が腹に滴り落ちた。

「渉、渉よ」

その声にふと顔を上げれば、

「まだ遅くはないぞ。お前は生きておるではないか」

そう、優しく語りかける兄がいる。

「兄うえ……」

幼い頃、いつも渉に考える手立てを示してくれた兄常道は、三十二歳で白河の激戦の中に散った。生きていれば、今年五十三歳のはずである。まだまだ生きられた。兄ばかりではない。まだまだ生きたかった筈の多くの人々も、会津の激戦で、また斗南の飢えと寒さの中に消えていった。

戦に分けられた、生と死。

―お前は生きておるのではないか―

兄の言葉が体中を何度も廻る。

―亡くなられた方々は、今を見ることも、悔やむことさえも出来ない……。なのに、生き延びた私は、生きて何をしたというのだ―

息苦しく己が責める。

―早四十歳、何もしないでただ落ちぶれて……。社会に貢献することもなく、ただ昔をしのび、ただ頑固に老いていくだけでいいのか―

「否！」

いつしか渉は、布団の上に正座していた。

「そうだった！」

かつて、斗南の苦境の中に、藩士たちと交わした約束があった。

「立藩以来綴られてきた多くのものが戦火の中に消え、後世に伝えるものがなくなってしまった。しかし、記憶にはある。いつかそれを書き遺そう」

そう約束した。そう、友と約束したではなかったか。

渉は急に、自分への苛立ちを覚えた。

「あぁ、全く私は何をしているか。目の前のことにかまけて、グズグズと年月ばかりが経ってしまった。会津の戦からかれこれ十六年の月日が流れ、あの時の生き証人が消え始めているではないか」

背中が薄寒く感じる。渉はブルッと体を揺すると、もう一度姿勢を正した。

「必ずやあの約束を果たし、皆様方の魂が帰れる故郷会津を興しまする」

父が「うん、うん」と頷く。母が「体を壊さぬように」と言い、兄が「渉、頼むぞ」と渉の肩に手を置く。そんな気配が渉を包む。

昌平坂学問所を目指して旅立つ二十歳の朝の、家族に見送られた日の光景が渉の内に蘇る。此度はさらに、多くの藩士たちの霊が家族の後ろに立つ。だが、先程のさみしげな顔は期待に変わっていた。

「例え何年かかろうとも、必ずや会津の精神、会津の足跡を記しますぞ！」

月に吠える狼の如き渉を一瞥して、黒猫が足音も立てずにゆっくりと窓辺を離れていった。

屋梁落月《おくりょうらくげつ》

翌日、渉は床を上げた。もう少し休めばと案ずるスミも、一旦決めたら突き進む渉の性格を知るがゆえ、口にはしなかった。また、「病は気からとは、まさに、でございますわ」とスミが安堵して笑うように、渉の病は忘れたように快方に向かっていった。

体が落ち着いてきた。さて、今後膨大な時間を要するに違いない覚悟を、まず妻のスミに話さねばならない。いま、妻の体には新しい命が宿っている。生活が豊かなわけではない。三年前に父常有を見送ったが、それまでには父の世話もかけた。

苦労をかけ通しの妻である。

「スミよ」

縫い物をしていたスミが手を止め顔を上げると、渉の光る目にぶつかった。そのただ事ならぬ光に、スミは縫い物を脇によけて渉に向いて座り直した。

「実は、会津藩について、しっかりと書き記そうと思う」

「しっかりと」に力が込められている。スミは、自らに床を上げたあの朝の渉の様子から、ただならぬ何かが生まれていたことは感じていた。このことだったのかと、胸の内で頷いた。

「会津のことを……にございますか」

「あぁ、会津の生き様を記す」

「会津の生き様……」

スミは、渉の思いを自分の内にゆっくりとよせていく。

「先日病に伏していた折、あの戦で命を落とされた方々の、未だ安らかに眠れぬ思いが胸に迫ってのう。人はおそらく、己がこの世を去る理由を知りたい。そして、生きた意味を知りたい。それに……」

「それに……」

スミが、渉の心を静かに覗く。

「のうスミ、我らは大きな時代の転換期に遭遇した。江戸と明治の間《はざま》の出来事がこの国の歴史に組み込まれる時、会津は敗者、賊軍として歴史に刻まれるであろう。だがそれは、一つの点に過ぎない。終止符ではないのだ。歴史とは一日一日を集めて流れ、本当の歴史とはその中を生きた一人ひとりの生き様のうねりの中にこそあろうぞ」

「本当に。一人ひとりの人生が、一人ひとりにございますね。私どもはあの戦が終わった後も、また戦にございましたねぇ」

スミが深い息を吐く。

「歴史は、勝者側から自らを肯定して語られるものぞ。我が会津の歴史は、この時代を生き伸びた我々が真実を残さなければ、本当の歴史は語られぬ。ただ敗者の歴史として蔑まれ、または同情と涙を呼び、虚構に虚構を膨らませていくやも知れぬ。ゆえに……」

「ゆえに、ゆえのご覚悟にございますね」

スミが、渉の思いを深く読み取った。

「私はあの時城の中で戦いましたが、あれは地獄にございました。人の命とはなんでございましょうな。今まで共に動いていた人が、一瞬にして動かなくなる。本当に人が死ぬのでございますよ。目の前で次々と……。あの方々の最後の想い、最後の言葉を聞いて差し上げることも出来ませなんだ」

そして、スミは遠くを見るような目をして、

「あなたのおっしゃるように、世を去る、去らなければならない理由、生きた意味……。方々のお声を聞き、方々の想いをお組みくださいませ。それが、私たちの生かされた理由になるのやもしれませんね」

スミが、軽く指をついて頭を下げた。

渉の想いは、スミの想いでもあった。共に、胸に死と生を切なく抱えてきたのだ。また、これは二人の想いであると同時に「会津の想い」でもある筈だ。

「スミよ、新聞の仕事を続けながら行うゆえ、時間もかかれば、そなたにこれまで以上の苦労をかけるやも知れぬ」

「私が何を申した所で、あなたの意思は変わりませんでしょう。ええ、苦労など慣

れておりますゆえ、ご案じなく」

スミは、少し首を傾げて微笑んだ。

このスミの柔らかな笑顔こそ何よりの力、この笑顔の奥の強さが渉を支えてくれる筈である。

渉は一番の力を得て早速に取り組もうとした。だがそう簡単には事が運ぶわけもなく、現実は中々に厳しい。亀田慎二と交代して一時渉が社主となったり新聞社の名称を変えたりもしたが、今は経営を東奥義塾に引き継ぎ、渉は記者として動いていた。また、臨時とはいえ、青森県議会の書記長なども務める多忙な日々である。

だが、「会津を記す」と決めた覚悟は揺るがない。

なぜ、自分が今ここに在るか。

会津は、なぜこのような道を歩くことになったのか。

会津藩が生きてきた道とは、何だったのか。

渉はこの時代に生を受け、二百六十五年も続いた徳川の時代を見送り、時代の間の混乱と混沌の中に身を置いた。しかも、時代を客観視した一員ではない。会津はこの混乱の主体であり、紛れもなく渉はこの中に生きた。真の語り部となれる筈だ。

しかし、何を何処から書くことが真の会津を語り得るのか。何処から旅立つか。

長い時間が過ぎる。

目の前に広げられた和紙には一文字もなく、墨さえも磨られていない。

ここ何日か、そんな日が続いていた。


四日が経ち五日が経ち、六日が経って七日目の夜のことだった。

いつものように腕を組み目を閉じ心の内で自問自答を繰り返していると、ふと、背後に兄や数人の藩士たちの霊の気配を感じた。

何やら話している。霊たちの夜会か。

「会津の今が、何故にあるかと？」

「そりゃぁ、世に浮き沈みはあるものの、会津はあの戦に偶然巻き込まれて、偶然に現在に至るわけではあるまい」

「ここに至る必然があったというのか」

「その、必然とは……」

霊たちの会話に、渉は聞き耳を立てる。そして、彼らの疑問にこれまでを遡り考えていた。

廃藩置県による会津藩の完全なる解体。その前の会津戦争と斗南への移住。その間流された多くの血と賊軍の汚名。そのまた以前には、京都守護職と家訓。藩に掲げられてきた「家訓」、それは会津藩の祖にまで遡る。

そもそも会津が一身に罪を背負うことになったのは、会津藩の忠義と誠意。不穏な情勢の中に京都守護職を受けたのは、「家訓」における歴代の徳川家への忠誠に端を発している。渉ならずとも、誰もがそこに行き着くであろう。

再び、彼らが話している。

「ならば、会津藩は最初から間違っていたっつうのか」

「いや、会津は時代の精神性において誠意を貫いた」

「したらば、我らはその職を全うしたと言えるんでねぇか」

「しかし……、時代の転換期に会津は風を読めなかったんだべか」

「んだげんども、風に乗るが正義だったのかぁ？」

「もしそれが正義ならば、会津は徳川に反旗を翻すということではねぇか……」

「いや違う」と、渉は首を横に振る。

渉が書き記したいのは、会津戦争の敗因や藩政を憾《うら》み責めるものではない。

また、耳元に声がする。

「確かに会津は負けた。んだが、会津が勝てば相手が負けた。そもそも、戦は狂気。人も殺せば、殺さねば殺される」

「あぁ、わしも殺された身じゃが、その前には敵兵を殺めてしもうたしなぁ」

「人が人を殺めるっつぅ……罪を犯した」

「罪のやりとりが罪でなくなるのが、戦の愚かさってもんよ」

「そんな背中合わせの愚かさを知りつつも、避けられねぇ時の流れもあるのさ」

「会津も、いや会津がそうだったべ」

「それにしても、政権が一転すれば、この忠義と誠意は一夜にして『罪』となり『賊』と裏返っちまうんだなぁ」

「果たしてそれは真か。ならば、真とはなにか」

勝敗が分ける正義と不義、いったい真とは何であろうか……。

彼らの問いに、渉の思いは行ったり来たり、来たり行ったり。深い闇に落ちて行きそうになる。

「エイ！」「ヤー！」「トォー！」

突然に、霊たちの声は掛け声に変わった。

「はっ」

渉の脳裏に、藩校日新館の光景が鮮やかに浮かび上がってきた。

父の弓術を指南する赫灼《かくしゃく》たる姿、学び舎でありながら我が家でもあった日新館、波のように押し寄せる生徒たちの群れ……。

「学び育った日新館は我らの誇り、会津の誇りであった」

「その大切な日新館の書物や書類は、どうなったんであろうのう」

彼らが日新館を偲んでいる。

「会津の激戦の中に持ち出され、失われたか、燃えてしまったか……」

「思い出すのう。子供の頃は少々怖くも思ったもんじゃが、先生や役員の方々は実に筋道に添って、我らを導いて下されたのう」

「薫陶を職務として、ほんに、我らを正しく導いて下されたた」

「友とは朝から晩まで人として行うべき正しい道を一緒に深め、武術の技を磨き競い合ったものだ」

「先を見つめて、共に学んだ多くの友がいた」

「そうだ！」

涉は立ち上がった。

会津が一番よく見える場所、それこそが日新館ではないか。

会津藩の精神、会津の誠意は会津の教育にあった。日新館の教育を明らかにすることが、会津の生き様を示すことになるのではないか。そして、此処には多くの藩士たちの、生まれて生きて死んでいった理由と意味が眠っている筈だ。それを掘り起こすのだ。

月が、友の霊たちが、「うん、うん」と頷く。

「よし、会津を辿るためにも、多くの同胞の遊魂を慰めるためにも、日新館を興す！」

涉は今、磐梯山の頂上を目指してその麓に立つような思いだった。

会津の一番高い山は同胞の魂に一番近く、会津の精神が最もよく見える筈である。

涉の、視点と始点が定まった。

歩一歩

まずは、廣澤安任を訪ねた。

かつて斗南藩小参事だった廣澤は、明治五（一八七二）年に貧困に苦しむ会津藩士のためにと、洋式牧場「開牧社」を開設していた。

廣澤は会津藩の下級武士の次男に生まれるが、容保が京都守護職に就くに先んじて京都の情勢を探ったり、容保の補佐や朝廷や幕府、薩摩や外国を相手に折衝なども行っていた才ある男だ。しかも潔が良い。

鳥羽伏見の戦い後、江戸に戻るとすぐ総督府に自首した廣澤は、「朝廷、幕府、薩摩、会津間の事情を知るのは自分であり、事の起こりは、自分の不手際による連絡と理解の不十分さが招いたことだ」と主張した。そして、「藩主に罪はない。また、今は国内で争っている場合ではない。会津討伐の中止を！」と訴えたのである。しかしその訴えは鼻先にあしらわれ、京都で長州人たちを弾圧したという罪で投獄されてしまう。獄舎は会津藩上屋敷というから皮肉なものである。

その扱いは「死にも勝るものであった」という。

後に斗南藩を山川浩らと先導するが、廃藩置県となって野に下った。そして、貧困に苦しむ旧会津藩士のためにと、三沢の谷地頭に洋式牧場「開牧社」を開設していたのである。

牧場のある谷地頭を訪ねる道々、塩気を含んだ風が海から心地よく吹いてくる。

「なるほど。稲作には難しそうだが、たしかに牛馬を飼うには向いている」

そう渉にも見て取れた。

遠くに人影が見える。廣澤だ。

牧場の入り口の柵の前で待っていた廣澤は、「おう、来たか」と両手を広げて渉を迎え入れた。谷地頭は結構遠く、久しぶりの再会だった。

廣澤は今年五十四歳のはずだった。髷を落しても月代のように前髪からてっぺんはなく、頬骨高い廣澤のいかつい顔がほころんでいる。

「まずは見てくれ」

早速に、イギリス製の機械を取り入れた畜舎を案内してくれた。更に、「機械ばかりではないぞ」と紹介してくれたのは、イギリス人の畜産技術者マキノンとルセー。この二人が精力的に手伝ってくれているという。

「これからは、日本人も牛の乳をたくさん飲むようになるぞ」

廣澤が渉の顔を覗き込んで、笑みを見せる。

歩を進めると、見事な馬が数頭草を喰んでいた。アメリカから種馬を買付して品種改良を進め、良馬の育成に努めているのだという。

廣澤は新しい農業、酪農に積極的に取り組んでいた。

「ところで廣澤様」

「おいおい、様はよしてくれ。せいぜい『さん』くらいにしてくれんかのう」

廣澤が禿げた頭をかき、渉はくすりと笑う。

「では廣澤さん、大久保利通殿から、何度も政府へのお誘いがあったと言うではありませんか」

「いやぁ、その気《け》は毛頭ないわい」

毛の薄い頭を「毛頭ない」にかけて掻き、廣澤はそう茶化して己の高潔さを隠す。

「大久保殿は、さぞ残念がられたことにございましょうな」

大久保利通は、文武両道に秀いで広い見識を持つ廣澤を何度も新政府へと誘った。

しかし、廣澤は「亡国の臣、何の面目あって勤王諸藩の士と肩を比し、朝に仕へんや」と言ってなびかなかった。それだけの覚悟もあったが、家名復興が許された折、猪苗代ではなく斗南へと会津を導いてしまった責任感からかも知れない。

肩を並べて歩きながら、廣澤が言う。

「小川君、人生とはなんぞやのう。もし、会津藩士のまま今に至っていたら、知らぬことも多かったかも知れんなぁ。あの後を生きてみて、色々見えたことがあるのう」

「はい、たしかに」

「人生というもんは、必ずしも出世栄達を求めるもんではないじゃろ。なにも政府の中枢におらずとも、国家に貢献することは出来る。たしかに、この荒野を開くのは厄介なことも多い。しかしのう、のんびりと横たわる牛を見ていると眠くもなっちまうが、そこにある平穏という大事なもんが見えてくるっつうものよ」

「誠に。穏やかなる日々を紡ぐ、これに勝る国家貢献はありませぬな」

ハハハと、二人は小さく笑う。それは、互いに平凡とは程遠い時代を生き抜いてきたからこその実感であり、「野にあって国家に尽くす」と大久保の誘いを蹴り、大地にしっかりと根を下ろした廣澤の深い言葉でもあった。

廣澤は、明治十四年に東京で開催された内国勧業博覧会に、「牛馬が食べる野草六十九種類」の研究成果なるものを出品したことがある。また、いくつかの著書もあり、『開牧五年紀事』には福沢諭吉が序文を寄せている。

「思うことは話すことよりたやすく、話すことは書くよりもたやすい。最も難しいのはそれを行うことである」と。

廣澤の活動を評しての言である。

渉は廣澤の前にその文言を改めて噛み締めながら、自分の意気も昂るのを感じた。

牧場を一巡りして事務所のテーブルに座ると、

「さて、相談とは何だ」

と廣澤が渉の顔を覗き込んだ。

「実は、会津藩について書き始めようと思いましてな」

「おう、いよいよ腰を上げたか」

廣澤は、万歳をするように両手をあげて体をそり返した。十三歳年上で兄と同い年の廣澤は、渉にとって頼もしい存在であり、諸手を挙げての賛同に力を得る。

「先日病に臥せた折り、ふと時間が止まったと言うか緩んだと言うか、これまでの無我夢中の時間のタガが外れたような気がいたしましてな。それ以来、あの戦とは何であったのか。何ゆえ会津はいまこの状態にあるのか。そんなことをもんもんと考えておりましたら、亡くなられた方々の霊が導いてくれましてな」

「ほう、方々がのう」廣澤が唇を細めて言う。

「して……」

「会津の深源は藩の教育にあるのではないか。そこに焦点を定めました」

「うむ……」

廣澤は腕組みをしたままに頷き、更に渉の話を促す。

「なるべく私情にとらわれず、真実を記そうと思っとります」

「真実か……、私情にとらわれずか……」

廣澤の、言葉の含みの意味はわかる。渉が、白い紙を前にして何日も考えたことでもある。

「我らが歩いてきた道は、この国の大きな歴史となりましょう。歴史は勝った側に正義を持ち、負けた会津は涙の歴史になりかねませぬ。我らは負けはしましたが、卑怯な策は設けず、苦難の中にも胸に誇りを保って生きて来もうした。何故そう生きてこられたのか、それは会津の教育があったればこそ、にございませぬか」

「なるほど。死ぬも生きるも真っ直ぐに生きた会津の根源を、藩の教育と見るか」

廣澤が半分頷き、もう半分を自分の内に向けている。

「ええ、教育は精神性を保つもの。教育は人の生き方を導くもの。教育とはその国その藩の精神、生き様の見えるところにございましょうぞ」

「それで、会津藩の教育、日新館か……」

廣澤は、何度も小さく首を振って頷く。

「『教育は百年の計にして、藩の興隆は人材の養成にあり』。だが、日新館ができて六十九年目の敗戦、今はまだ八十四年かぁ」

廣澤が指を折って言った。そして、

「『百年の会津』は、まだじゃった。見たいものじゃのう」

廣澤が遠い目をした。

「十六年後にございますなぁ。会津は我らそれぞれの胸の内にありまする。これからの我々の生き様に、その検証がかかっておりまするな」

「そうじゃな。我らは百年後の検証に立ち会うことになるのか……」

そうつぶやいてから廣澤は、

「明治という時代になって十六年、江戸の二百六十五年に比すればまだ歴史とも言えないほど浅い。人は歴史に学び、次の時代を重ねていく。いま我らの真実を残すことは、後の時代への贈り物じゃな、小川君」

と、窓から覗く空に目をやりながら言った。

「ええ、後々の人々に、会津の真実、我らの生き様、同胞の死に様、様々を考えてほしい、検証してほしいと思いまする。それが、あの戦で亡くなられた方々への鎮魂であり、後の世が豊かであるようにとの、生きながらえた我ら共々の祈りとなりましょう」

渉の言葉に、空を見たままの廣澤の目が潤んでいる。

そして軽く鼻をすると、ゆっくりとテーブルに肘を載せ、両の指を組んだ手に顎を載せて目を伏せた。

僅かの無音、そして廣澤はゆっくりと目を開き、

「して、どのように進めるんじゃ」と、渉の顔を覗き込んだ。

「ええ、まずはあの時代を共にした方々から話を聞こうと思っとります」

「そうじゃな、亡くなられる方々も出てきておるしな」

「それは急がねばなりませんが、ただ人から聞いた話だけをまとめて後世に伝えるのではなく、証拠となる文書等も集め、正確な証明をしたいと考えております」

「う〜ん」廣澤は唸った。

今後膨大な時間を費やすであろう、また困難を極めるであろう渉の覚悟の前に、感動を以て唸ったのである。そして、にこりと笑い「わしにも手伝わせてくれ」と、渉の手を固く握りしめた。

会津の人々は散り散りになり、文書等もまた散逸している。その中での古書等の書類探し、証言者探し、執筆校正、以後十数年にも及ぶことになる過酷な旅の一歩を渉は踏み出し、廣澤は惜しまぬ支援を誓った。

動けば動く。動きだせば今まで立ち尽くしていたものが動きだし、道なき道にも道が見えてくる。

百人力を得た渉は、胸に膨らむ思いを抱えて廣澤の牧場を後にした。

明治十六年六月、渉は執筆に取りかかった。その最初の稿に、『会津藩教育考艸一』と記した。「考」は渉自らの、会津の教育を考える「考」である。そして、「考」には他から求める「考」も潜む。後々の人々にも問いたいという、願いを持った「考」でもあった。

書き始めるにあたり、まずは書物類を探さなければならない。『土津霊神言行録和弁』『貞昭心霊言行録』『家世実紀』『名倉信光日記』『猪苗代者書留』『文武令条一編』などがまず手に入り、草稿の柱立てを練った。

「まずは、あの戦に崩れた日新館を建てねばなるまい。最初に日新館の図面を載せ、それぞれの建物の寸法を正確に……と。そうだ、器物も図に記そう。そして次には『教令』か」

まずは、紙面上に「日新館」を建設するところから始まった。

「次に『学史』を載せよう」

そう考えるが、運営や内容を考えると、日新館の学史などは二十歳で江戸に向かった渉にはわからない事が多い。廣澤が、佐野貞次郎たちにも声をかけておこうと言ってくれたことを思い出した。佐野貞次郎は日新館の学科の役人だったので、学史等には詳しいはずである。まず、手紙で事の次第を述べ、いきなりながら三十余件の質問をしたためて文を送った。

新聞記者とこの執筆の二本立て。二足の草鞋の紐を結んだものの、そう簡単には進まず、時代もまた許さない。覚悟の上のことながら……。

—思うことは話すことよりたやすく、話すことは書くよりもたやすい。最も難しいのはそれを行うことである—

福沢諭吉の言を噛みしめる。

確かにそうだ。それでも渉は、一歩一歩と歩を進めはじめた。

罪人《つみびと》

道すがら、甘茶の香が漂って来た。

「今日は四月八日、灌仏会か」

釈迦の誕生の日、龍が降らせたという甘露のお茶だ。

「一杯いただこうか」

涉は甘茶の振舞われている寺の前に進み、ひと口を含んだ。柔らかな甘さを含んだ茶は、穏やかさを体に巡らせた。

甘茶の余韻を残しながら新聞社に戻ると、机の上に一通の封書が置かれていた。

差し出し者を見れば、中を見ずとも察しが付く。

涉は、指先で無造作に封を切った。

甘茶の穏やかさが消されていく。もう何度目だろうか。

―訊問の筋あり、四月十七日に出頭せよ―

裁判所からの呼び出しである。

「またお呼びだよ」

涉がふぅっと息を吐く。

「またですな」と、新聞社の者たちもふぅっと息を吐く。

「今度は、『圧制の仇敵』だな」

「今回は、相当に県当局の怒りに触れたんでしょうな」

社友たちと言葉を交わしながら、涉は肩を竦《すく》めた。

当時の新聞は事実の報道や情報の提供というよりも論説に重きが置かれ、涉はこれまでも民衆側に立った論説を多く書いてきた。

ある時は「県知事や郡長を公選にすべきだ」と書き、県が課税するに当たり総代会を県史が指揮した事に対しては、「課税に県史が入り総代会の権を犯すは非民主的だ」と書いた。また、県の産馬や山林事業については、「官史が己の手柄と目先の功にあくせくしている」と指摘した。

これらの言はすべて罪に値し、渉はしばしば弘前裁判所に呼び出されていた。そんな時は、「折角だ、時間は有効に使わねば」と「教育考」の草稿が包まれた風呂敷包みを下げて、呼び出された弘前へと向かうことも多かった。

しかし、今回はまた違う。「圧制の仇敵」と題した論説の中に、新聞条例と集会条例を真っ向批判したのだ。ただで済むはずがない。無論、覚悟の上に書いた論説だ。渉は裁判所に赴くまでの数日の間、様々を整えた。社友に留守の間の仕事の段取りを頼み、県会議長にはしばらく書記長の役を果たせぬことを告げた。そして十六日、「すまぬ。しばらく頼む」とスミに詫び、着替えを詰めた行李を背負って家を出た。

弘前裁判所近くに一夜の宿をとり、翌日、渉は厳《いかめ》しい弘前裁判所の門をくぐった。

裁判は、案の定新聞条例第十四条の誹謗中傷にあたるとして、検事がその理由を淡々と述べた。国の法のもとには、渉の主張は罪でしかない。何を言ってもなんと反論しても、政府を誹謗中傷した罪なのだ。その日の裁判が終了するや、すぐに縄をかけられそのまま獄舎に連れていかれた。

ムッと鼻を突く。

悪臭の漂う、なんとも不潔な監獄だ。だが、嫌も応もなく渉はそこに身を置くしかない。ここは、旧弘前藩の獄舎だった所だ。敷くか掛けるかの藁布団が一枚。その四幅の薄汚れた白木綿の布団からは、中身の藁があちこちからはみ出している。

三度の食事は出されるものの、玄米の黒い飯に味噌汁、添えられた大根四枚。この悪臭の中に食わざるを得ない。牛馬にも劣る扱いだ。

例えこの扱いに耐えても、耐え難い思いがこみ上げる。

「公儀正論を以て世に伝えることは、この環境に匹敵する罪か」

「会津を叩いてまで得た新しい政治とは、このように力で抑えることか」

渉は胸の内に叫ぶ!

渉の上告期間は三日、検事の控訴期間は五日。

上告が無駄であることを知る渉は、上告はしないつもりだ。だが、「しばらくはこの獄舎で過ごさなければならぬだろう」と覚悟した。

ため息の先、獄舎の小さな窓から一輪、梅の花が覗いていた。


「軽禁錮《けいきんこ》三十日、罰金三十円」

入牢四日目の四月二十一日、刑が確定した。

確定するやいなや、それまでの私服は剥がされて獄衣を着せられ、渉はいよいよ囚人の身となった。翌日には、青森獄舎に送られるのだ。

二十二日早朝五時、青森に発つ支度にかかった。いや、かからせられた。

肌着の上に、赤茶けた短い獄衣を羽織った。下は、破れて肌の見える股引姿だ。せめても繕えないものか……。頭には縄紐のついた三度笠、背には私物の入った柳行李、この姿で青森まで歩くのだという。

罪人としての護送。

何度目の護送だろうか。庄内から会津へ、会津から新潟へ、あの時は戊辰の戦の罪人としてであった。今は、正論を唱えた一人の民の罪として護送されていく。

「自分は、この姿この罪に値する者にあらず。私は真実を伝えた新聞記者である」

そう自分に言ってみた。だが、内にそんな誇りがあろうことなど誰が知ろうか。

この姿を見た人々は、罪人として蔑み嘲笑うに違いない。それは間違いない事実で、流石に情けなかった。だが看守とて人、なるべく人に会わない村の外道や河畔の道を選び進んだ。

歩き続ける内、人に見られる姿格好よりも歩きにくさに気が取られた。そんな苦痛を看守は知るまいが、いや知っても彼の役目は役目。途中昼飯をとったのみで歩きに歩き続けさせられ、青森の獄舎に着いた時には午後の四時を回っていた。かれこれ十時間をかけて、弘前から青森までを歩いてきたのである。

青森の獄舎は、弘前とは違って悪臭もなく布団も上下あり食事も普通に出されて少しホッとした。ところが、一日中歩き疲れた体を休めようと布団に入ると、そこは蚤の温床。体中を噛まれ、その痒さに期待した睡眠は奪われてしまった。

狭い獄舎の西窓に月が覗く。だが、愛でる余裕など痒さと不眠の前にはなかった。これもまた罰か。渉の言論は、しばしばこうした罪となり罰として目の前に置かれるのだった。

もっと楽に生きられる方法はある。口を噤《つぐ》む道もある。しかし、「ふっ、ここが会津武士か」と、渉は我が身を笑う。この劣悪な環境下に置かれようとも、信念を覆すことは出来ないのだ。

それが、渉の生き方だった。


拘束から開放された時には梅や桜の季節は去り、田んぼに早苗が生まれていた。北国の春は待つまでは長いが、来ればその過ぎ去る足は早い。その短い春を味わわずして、野にも山にも若葉が眩しい季節になっていた。

今までも同じ空気を吸っていたはずなのに、なにやら緑色の味がする。その新鮮な緑の中を、渉は獄舎ぐらしに持ち込んだ行李を背負って家路に向かった。

「おかえりあそばせ」

スミが微笑んで迎えた。

初めての投獄の時には動揺したものの、回を重ねればスミは笑みさえ見せて迎える。子供も家の様々もスミに頼り迷惑のかけっ放しだが、愚痴もこぼさない。スミも武士の娘、その腹の据わり具合が有り難い。スミあればこその我が言動であると、渉は心の内に感謝する。

「文が届いております。会津からにございますよ」

茶と共にスミから手渡されたのは、佐野貞次郎からの文だった。渉は獄中の疲れも忘れて封を切った。そこには、先に送ってあった三十余件の質問に対する詳細な回答と共に、『新編会津風土記』『会津外史』の抜書などがあった。「さすがに佐野さま」と、目の前が明るくなった。そして翌日、早速に渉は廣澤のもとを訪ねた。

「度々、ご苦労にござるのう」

廣澤が、笑いながら獄中の労をねぎらう。

「なんとも……、流石に今回は長ごうございましたな」と渉は頭に手をやった。そして、体を正して佐野に繋いでくれた礼を言い、懐から佐野の文を取り出した。

「おう、わしのところにも来とるぞ。佐野さんは、大変に喜んでおられた。出来るだけのことをする、手伝わせてくれと書かれてあったぞ」

今や六十五歳になろうという佐野が、若い渉に手伝わせてくれという。渉の胸に熱いものがこみ上げてくる。

「佐野さんも、これまで辛い思いを抱えて来られたんじゃろう」

廣澤が佐野の胸の内を読む。

佐野が抱えてきた辛さ、それは佐野が見た景色の重さであろう。

佐野貞次郎は、敗戦直後の藩士たちの改葬に関わった。以前、黒河内良からもそのことは聞いていた。遺体は埋葬されていたというが、それはまるで塵芥を捨てるように、大きく掘った穴に投げ入れるがごとくだったという。それではあまりにも浮かばれない。旧藩士たちは改葬を願い出た。ならば「罪人塚」にと、若松民政局は場所を示した。「罪人塚」とはあまりにも……。戦に負けたとはいえ、賊軍と言われたとはいえ、時代の境目に必死に戦い命果てて神仏となった藩士たちである。

「せめて、丁寧に葬るのが人の道というものであろう」

会津で戦後の復興に尽くしていた町野主水は、必死なる交渉を行った。そしてようやく、伴百悦を改葬方の頭として、阿弥陀寺を中心とした改葬が許された。佐野は、その伴百悦と共に改葬方となり、会津藩士たちの無残な姿を最も近くで見てきた男であった。

「佐野さんは、大したお方だ」

廣澤が続ける。

「城の二つの井戸は、飲み水の供給の役を果たすどころか墓穴となった。そこには、籠城戦で命を落とされた方々のご遺体が積み重なっておったそうだ……」

耳を塞ぎたくなる。

城内は改葬どころかまだ埋葬さえされない多くの遺体が、深さ十五メートルの井戸に積み重ね置かれたままだったのだ。

「遺体の引き上げは賤民の仕事だった。じゃがのう、半年以上も経っていたものだから、あまりの異臭、あまりの酷さに賤民の誰もが体を引いた。井戸に入る者など一人もおらなかったそうじゃ。そんな誰もが尻込みする中、佐野さんは着物を脱いだ。賤民たちは目を剥いてたまげた。佐野さんは褌一つで、井戸へと入られたのじゃ」

佐野の悲痛な思いが、渉にはわかる。渉とて廣澤とて、たとえ肉は崩れ、顔も判別できぬほどにあったにしろ、佐野と同じように井戸に入った筈である。共に学び育ち共に戦った人々またその家族、会津の同胞なのである。それを、誰が罪人塚へなど送られようか。井戸に積み重ねたままになどして置かれようか。

「伴百悦殿は、会津への誹謗中傷甚だしかった役人を斬り、末に自害して果てた。しかしそこに佐野さんは加わってはおらん。故に、佐野さんは切なかったのであろうのう」

廣澤が、深い息をつく。

世にいう「束松事件」だ。伴百悦、佐野らが阿弥陀寺や長命寺などに千六百を超える藩士の改葬をかれこれ二カ月かけて行い、ほっと胸をなでおろしたところへ、民生局監察方兼断獄頭取久保村文四郎は埋葬地の墓標等を撤去せよと厳命を下した。ようやく弔った同胞の墓である。それまでも久保村は会津に対して非情な振舞いを重ね、耐えに耐えてきた。しかし、今度ばかりは許せぬと、伴は任を終えて帰郷する久保村を越後街道束松で待ち伏せて切った。この時、伴は佐野を残した。

「伴殿は、束松の計画に佐野さんを誘わなかった。加われば命を落とす。伴殿は、佐野さんを死なせたくなかったのであろう」

そう、廣澤がいう。

佐野が己を責め続ける訳が、渉にもわかる。生き残って生きることは、辛いことなのだ。渉とて会津戦争で生き残った身、その辛さは痛いほどにわかる。己が己を罪人にするのだ。

佐野からは、「語りたくても語れない、鳥や獣に啄ばまれながら朽ちていった人々のためにも、必ずや、必ずや、会津藩の生き様を残しましょうぞ」と、二人に宛てた文にしたためられてあった。

かつて、激しい戦場で果敢に戦った頑強な男たちの涙が見える。その深い悲しみと共に、会津への郷愁、会津復興の願い、藩主容保への敬愛、深い会津への思いをみな同じく抱き続けていたのだ。故に、廣澤や佐野が手を差し伸べたばかりでなく、多くの友人知人が渉の活動を心から喜び、旧藩士たちは本気で古人や古書を辿り探し、書面の上に会津を復活させようとしていた。

そんな皆の思いがわかる。その思いも丁寧に記さなければならないと胸に納め、渉は廣澤の牧場を後にした。

四章　涙痕

臍《ほぞ》を固む

春夏秋冬の彩りが巡り、日々は躊躇することなく律動する。時は立ち止まることを知らない。その律儀な時の中に、渉は歩いては立ち止まり、立ち止まっては歩きの破調の歩みが続いていた。

新聞に携わり、時に裁判、時に牢獄。浄書する暇も中々なければ、資力もなく、「会津藩教育考」の調査執筆は思うようには進まない。そんな曇天を払拭する風もなく、渉の胸は雲に覆われて久しい。

だが地道ながらも、廣澤を始め元学校役員の佐野貞次郎や鈴木広五郎たちが日新館を知る人たちに声をかけ、情報を集めては送ってくれていた。

会津藩士の伝記を記した『会津干城伝』や『会津古人伝』『唖の独見』の書なども目にすることが出来たし、『日新館誌』『家世実紀』等はあちこち欠け抜けてはいるものの渉の手元に届いた。そんな人々に背中を支えられながら、渉は寝る間を惜しんで「教育考」と向かい合い、振り返れば二年の時が経っていた。

そんな明治十八年のある日、廣澤がにこやかに訪ねてきた。東京からの土産話をもってきたという。

まずは、斗南での大参事で皆の信望も厚かった山川浩に会って来たという話だ。

「上京の折にお会いしてのう、小川君のこの大業について話したんじゃ。したらばのう、山川様は大変に喜んで下さったわい。今後は大いなる協力をいただけるぞ」

「そうでしたか。廣澤さん、ありがとうございます。して、山川様はお元気でしたか」

「あぁ、お元気そうだった。近々、東京高等師範学校の校長になられるようだ」

「それは、なんとも嬉しい話ですな。さすがに山川様、陸軍大佐に高等師範学校の長、まさに文武両道にございますな」

そう渉が言えば、

「器が違う。山川様の器は桁が違うわい」と廣澤が我が事のように胸を張る。

「そういえば、山川様は会津戦争の折、すでに包囲された城に彼岸獅子を舞いながら入城するという、奇抜な策を用いられたとか。想像すると実に愉快です。私も見たかったですな」

「おう、それを聞いて、わしもさすが山川様と感心した。その山川様の見事な策があればこそ、千人ほどの兵が城に入ることができたのじゃ。ところで、小川君はその時庄内じゃったな。わしは情けなくも冷たい牢の中よ」

二人は苦笑いを交わした後、石井可汲と南摩綱紀の話になった。

「石井さんや南摩さんの所も訪ねてのう、小川君のことを話したんじゃ。南摩さんはいま東京大学教授でのう、その南摩さんの元に文部省の調書の写しがあるというから、後にそれを小川君の所に送ってくれると言っておったぞ」

「それは有り難い。以前に、青森県学務課の脇坂殿から、文部省では各藩の教育にかかる書類を集めて沿革史を編纂するようなことを聞いておりました。是非見たいと思っておったのです」

渉の声が弾む。

嬉しかった。東京、会津、青森と別れて暮らしながらも、心はみな「会津」に結ばれている。その根底を繋ぐ日新館は藩士の誰もが学び、誰もの精神を鍛え整えた誇りの源なのだ。

「小川君、君の取り組みは、旧会津藩士たちにとっての会津復興ぞ」

その廣澤の言葉は、渉の曇天を割って一筋の光を指した。

廣澤の言うように、それは会津藩精神の再興でもあり、渉という神輿を担《かつ》ぐ旧藩士たちの一つの祭りの始まりのようでもあった。

しばらくして、南摩綱紀より封書が届き、中に石井可汲の著書と文部省による調書が入っていた。

まず、石井可汲が記した『学制覚え』『心おぼえ』を手に取る。そこには享和や天保の年号なども見られる。会津藩の出火条例や東西講所の儀式の様子なども記されており、実に素晴らしい資料に渉は興奮した。

ところが、もう一つの福島県庁から文部省に提出された「会津藩教育に関する調書」の謄本、これには全く落胆させられた。

その、文部省に出された「会津藩教育に関する調書」は全く持っておざなりのお粗末なものだった。古書類を探した様子もなければ、参考にした形跡も見られない。直接関わった人たちに聞いた形跡もない。会津には実際に日新館に関わった古老たちもいるというに……。ただ、形だけの報告書であった。

「これが、各藩から集められた教育の沿革の中に綴られてしまうのか……」

渉の手を通して「会津藩教育に関する調書」が小刻みに揺れる。

これを目にした容保の落胆したであろう様子も見える。南摩が渉にこれを送ってきた意味もわかる。

「政府として纏めるものならば、十分な資料を持ち、いちいち証を立てなければならん筈じゃ。こったらいい加減なもんが、会津の足跡として残されてはたまらん」

落胆を超えて怒りさえこみ上げる。しかし、その落胆と怒りは渉の決意を深めた。

「会津の教育の足跡を、きちんと残さなければならない」

改めてそう自分に誓い、その思いは渉に拍車をかけた。

最初に建てた柱に沿って、第一巻に「日新館図」と「教令」を、二巻には佐野の力を大きく借りて「学史」を書いた。そして三巻目は、「素読所」や「講釈所」などでの学びやその内容などに取り組み、その第三巻の浄書が終わったのは明治十九年も終わりに近づく十一月下旬のことだった。

稿が纏まるごとに、廣澤や会津藩きっての儒者であった秋月悌次郎に添削を依頼し、それによりまた書いた。寝る間を惜しんでは書き、もっと深く、もっと前に進めたいと思う気持ちが渉を押す。だが、心と体と執筆と新聞社、二足の草鞋に少々足がもつれる。

その日も、そんな足元の不安定さを抱えながら、渉は深々とした闇の中で佇んでいた。やがて体の冷え込みに気づき、机の前の障子戸を開ければ、ふわり、白いものが落ちてきた。

「雪か……」

斗南で最も辛かった冬の暮らしを、ふと思い出した。

会津ではなく斗南の冬。冷たい雪に抱かれる温かな会津の雪ではなく、思い出したくもないほど寒く、冷たく、ひもじかった斗南の雪だ。

「ふっ、会津ではなく何故に斗南か…………」

暗い闇、白い雪、渉の臍《ほぞ》の辺りに、ため息のような想いが灰色に降り積んでいく。

しばらくの時が過ぎて、ふと、その灰色の中にちろりと熾火《おきび》のような灯りが見えたような気がした。

「そうだ。あの冷たい冬こそが力なのかも知れない」

渉は「ふぅ」と小さく息を吐いた。そして臍の深い底から、低く重く言った。

「よし、斗南に行こう」

渉は新聞社を辞した。

渉四十四歳、上の娘は十歳、その下にはまだ幼い息子もいる。妻や子を養わなければならない働き盛りの身である。それでも、渉には成し遂げなければならない己に誓った責務がある。これまでの僅かな蓄えと時折の仕事をこなし、赤貧覚悟の己の戦いに向かった。傍から「狂気の沙汰」と見られようとも、人の道、己の道にはそれぞれ成さねばならぬ道がある。

渉は汽船に乗り、極寒二月の田名部へと向かった。

そこは、会津藩消滅後の再出発の始点である。

久しぶりの田名部は、どこか心が落ち着くのが不思議だ。ある意味故郷となり、勝手知ったる安堵感か。いや、どん底ともいえる苦労を共有した温かさかもしれなかった。

渉はまず、正覚寺を訪ねた。七年前の明治十三年に渉が発起人総代となって会津藩士戦没者十三回忌を行った寺だ。温和な住職に迎えられ、本堂に案内された。そこには、予《かね》てより依頼してあった「随涙幀」の掛け軸がすでに掛られていた。

十三回忌の折に奉納されたその二幅からなる「随涙幀」には、戦没者二千六百人の名が記されてある。

一人ひとりの名には、一人ひとりのかつての生が宿る。

一人ひとりの名には、一人ひとりの肉体があり意思があり志があった。

しかしそれは戦に絶たれ、彼らの命はその文字の中に閉じ込められていた。

「我らは、なぜにここに名を刻まれておるのですか」

「生まれ育った会津ではなく、先祖とも話せぬこの地になぜ……」

「我らの生き様は罪であり、後々まで消し去ることのできない罪人なのでありましょうか」

渉は、一人ひとりの名に問われているような気がした。

「方々が安らかに眠れるように、会津の生きて来た姿を記し、我らの思いを必ずや後の世に伝えまする」

渉は、その覚悟を「随涙幀」の前に告げた。

翌日からは、田名部に残る旧藩士や知人たちにできるだけ多く会い、系譜やその他のことを調べ、大事なところを一つ一つ写し歩いた。

ある日、病に伏せる大平村の伊藤富次郎を訪ねた。

質素な家に富次郎は体を横たえており、息子に支えられて体を少し起こすと、言葉弱々しながらも「待っておりもした」と渉の来訪を喜んだ。そして、「それを」と富次郎が目で示した。そこには一冊の本が置かれ、手に取れと富次郎の目が言う。『会津故事談』と記されたその書には、「祖父三友」と書かれている。三友とは俊益のこと。横田俊益の孫先二郎が書いたものだった。

「あぁ、ありがとうございます。これで日新館の前身、稽古堂を興された横田俊益殿の実績を知ることが出来まする」

渉がその書を押し頂くと、

「うん、うん」と頷く富次郎の頬に一筋の涙が伝った。

富次郎は礼を受けるより、むしろ「ありがとう」と礼を言いたかった。間もなく消えゆくわが身を討る富次郎は、最後に会津藩の役に立てたことが嬉しかったのだ。

渉は田名部には十日程滞在し、そこから函館に向かうことにした。函館にもまた、会津の人々の会津敗戦後の暮らしがある。函館に向かった藩士たちの話を聞かなければならない。

寒空の中、青森から函館へと汽船で向かう。

海は重く青い色をして荒々しくうねり、灰色の空からは風に砕かれた細い雪が絶え間なく落ちてくる。あの時職を求めて、鰊場に出稼ぎに向かった人々も越えた荒海だ。

涉は、冷たい海と空を見つめ続けていた。


明治二十年は、涉にとってかなり動きのある年となった。

年明け早々に新聞社を辞め、二月は田名部に向かい、三月の初めには函館で数日を過ごして青森に戻った。そして五月、涉の身は東京にあった。

東京は、涉がかつて昌平坂学問所にいた頃とは景色が違う。もはや脇差など誰の腰にもなく、行き交う人はザンギリ頭も多い。街はすでに東京という名を受け入れ動いていた。おそらく、武士より町人のほうが時代を受け入れるのは早い。

明治になって早二十年、急流を流れるがごとくに月日は流れていたのだ。

「東京の時間だけが早く、会津はのろのろと動いているのだろうか。それとも、会津だけが立ち止まっているのだろうか」

涉は「教育考」に残りの人生をかけて取り組んでいる自分に、一瞬立ち止まった。だが、涉は人混みの中をまた歩き出した。

「過去に留まっているのではない。後ろ向きに歩いているのでもない。私は未来のために今を歩いているのだ」

そう思う。そう心の底から湧き上がってくる。そんな、自分の声に押されて歩き始めたのだった。

東京夜会

涉は、東京に居を構えた。と言っても、家族四人がやっと住まえるほどの借家ではある。だが、小さくともここは拠点となる。

東京では、やることが山程にあった。これまでに書いたものをさらに検証し、新たに書き加えなければならないことも多い。そのための書類探しや、東京にいる旧藩士たちへの聞き歩きが主だ。特に山川浩の家を度々訪ねた。色々の相談と、古書を読むためである。山川の書斎を図書館のごとくに借りては返し、必要な部分を写すなどの日々を過ごしていた。

　東京には桜も咲こうかという三月の末、廣澤が青森から上京してきた。牧場の何やらの用があり、しばらくは東京にいるという。ならばと、石井可汲や南摩綱紀、秋月悌次郎らも時を合わせて集まった。

　まだ夕には少し早いが、「今宵は飲もうぞ」と廣澤が酒瓶を両手に下げて上機嫌にやってきた。他の皆もそれぞれに今宵の肴を持参し、渉もスミから持たされた蕗の煮浸しを少々持参した。

　山川の家には多くの旧会津藩士たちが出入りしていた。渉たちのように山川の知を借りに訪れるものもあれば、食に困り援助を求めるものも多かった。山川は誰も拒まずにできる限りの援助を行い、自らは質素な暮らしぶりであった。皆もそれを心得ての、酒やら肴やらを持参したのだった。

「こうして一同に顔を合わせるのは、なんとも久しぶりじゃのう」

　廣澤の日焼けした破顔の額が光り、その健康な顔と声が皆の再会を更に高揚させる。

　なんとも豪勢な顔ぶれだ。山川浩は渉より二歳下の四十二歳だが、元家老の家に生まれ斗南でも指揮をとった。その後陸軍大佐を経て今や東京高等師範学校の校長という貫禄だ。牧場経営の廣澤は五十七歳、他の三人は渉より二十歳前後年上で皆教育の道に携わっていた。この知の輪に加われる事は渉の大きな喜びであった。

久しぶりの挨拶が行き交ったところで、「まずは酒じゃ、酒じゃ」と廣澤が両手に徳利を持って言う。波々と盃に満たされた酒は再会の喜びに満ちて、皆の喉を甘く撫でて通る。そして次第にそれぞれの体を巡り、思いは皆会津へと帰る。

「あれから二十年、二十年の時が経つ……」

山川が、遠い目をして呟くように言い、廣澤が、秋月が、そして石井、南摩がと話す。

「早二十年かぁ。昨日のことのようでもあり、遠い昔のことのようにも思えますなぁ」

「我ら会津に家もなければ、城もすでにない。多くの藩士の眠る阿弥陀寺に、御三階が残るのみ……」

「そうじゃのう。我らまだ猪苗代に謹慎中に城の一部が壊され、今や角櫓も塀もなく、外堀や土手は埋め立てられて田畑に変わってしまったと聞く」

そうであった。あの敗戦の直後に会津は一変した。その変わりゆくさまを、風のうわさに聞いた皆にとって辛い空間であった。

話が沈む中、渉が話しだした。

「まだ私が新潟に潜みおりました折、イギリス人でしたが、会津の城を見てきたとその様子を聞いたことがありまする」

「ほう、なんと」

「北出丸や西出丸といい、石垣の積み方といい、真に驚くべき堅城だと。あれ程の砲弾が打ち込まれても崩れはしない、見事な技術の用いられた城だと驚いておりました」

「そうか、外国の方にそう認めてもらえた日本の技術、会津の技術、嬉しいことじゃのう」

皆の顔が一時緩む。しかし、その名城鶴ヶ城は砲弾による傷跡痛々しく、西洋文明に華やぐ明治という時代の中ではもはや価値のない廃城となった。一時八百六十二円で落札されたほどである。

だが、やはり取り壊しと決まった時、人々はそれを惜しんだ。

その惜しむ声に押されて、明治七年四月二十日から二十日間、鶴ヶ城を会場に東北初の博覧会が行われた。これまで城中に入ることなど許されなかった人々が、ひと目城の中を見ようと詰めかけた。そして博覧会の終わりと共に、天守閣をはじめ次々と建物は壊されていったのである。

「会津の人々が城を惜しんでくれたことは、有難い話ではある。しかし、心痛む話も多く聞くのう」

「あぁ、あの激戦の中に村人が西軍の道案内をしたとか」

「板垣退助殿が、会津は武士町民が一枚岩ではなかったと言ったとか……」

城が開放された博覧会に、人々はどんな思いで訪れたのか。渉は胸がチクリと痛んだ。

そんな渉の隣で、廣澤が少し大きな声を出した。

「そんなこんなが、なかったとは言わん。しかし、脅されたり金を貰えば道案内もするじゃろし、命の危険と交換だということもあるじゃろ」

赤い顔をして言う廣澤の言葉の後に、皆が続く。

「それも考えられるが、農民にしてみれば一刻も早い戦の終わりを願ったことも事実であろう」

「だが、それは会津に限ったことではあるまい。どの国元においても民百姓は、何でも良いから早く戦が終わってほしいというのが本音だったであろう」

「会津の民が重税に苦しんだというのも、事実といえば事実。しかし、殿や我ら武士が贅沢したわけではない。会津藩とて遣り繰りに苦しんでおった」

実際、領内の為にも多くの財が必要ながら、幕府の命による房総半島や品川砲台の警備、北海道の開拓や警備、京都守護職に就く折にも多額の出費があった。

「我ら武士は、国のために命をかけた。国とは会津、会津の民の為に他ならんじゃろう。だが民百姓にとっては、戦は武士が行うもので、只々迷惑なものとしか映らなかったのであろうし、やはり切なかったのだろうのう」

山川は黙って聞き、渉もまた皆の意見に耳を傾けていた。

酒が進み、皆の言葉も更に行き交う。

「我ら負けた身、聞こえ来るは辛い話が多いのう」

「容保公が江戸送りとなられ、家臣たちは皆涙の中に見送った。だが領民たちの姿はなく、それを藩主への批判と言う者もおった」

「あぁ、私も耳にした」

「確かに、町の人々の見送りはなかった。だが、落ち行く藩主を、領民が見送りに出ることなどできようか！」

「見送らぬことこそ、会津の人々の優しさであろうぞ」

「そうよ。むしろ藩主を救うべく、領民たちは会津民政局や東京の太政官にも『御赦免御帰城』の請願書を出してくれているではないか」

「我らがなんと言おうと、勝者が語る世なのだ」

「しかし、何時かわかる。いつか解ける」

「そうじゃな。背筋を張って歩もうぞ」

涉は日新館に学んでいた頃の、「夜会」の中に居るような気がした。
十四、五歳の青々とした時代だ。日新館の講釈所での学びを終えるとその足で年長者のもとに集い、その「夜会」において様々を熱く語り合ったものだ。
いま、それぞれが壮年となりながら、東京という場所ながら、会津の夜会が行われている。涉はそんな思いに浸っていた。

それまで皆の話を黙って聞いていた山川浩が、口を開いた。

「武士とて百姓とて同じよ。方向違えば見える景色は違うものの、戦など誰もが望みはしない」

少しの間をおいて、山川は渉に目を合わせた。

「小川君よ、角度が変われば見える景色も思いも違う。会津の武士と民百姓の話でもなければ、薩長が勝って会津が負けただけの話ではない。あの戊辰の戦は、日本の国の話ぞ。この時代の避けきれなかった歴史の話ぞ」

そう一つの話を結んだ山川の目が、わずかに潤んでいた。


夜会は熱く、夜は深まる。

いつしか廣澤が、話の向きを大きく変えていた。

「ところでじゃが、外国人はこの国を、この日本の国の出来事を実に冷静に見ておるのう」

廣澤の話は、アーネスト・サトウの言葉に始まった。

廣澤とアーネスト・サトウは戊辰の戦以前から親交があり、廣澤が江戸で投獄された折にも救出に奔走してくれた。また渉にとっても様々に縁のある人物だ。アーネスト・サトウはイギリスの外交官であり、新潟で隠れ住む中にも出会い、渉が日本語を教授し、彼から西洋事情を学んだこともある。また、容保の救命にも助力を得た人物だ。

「アーネストの話によれば、開国以前に日本に訪れたイギリスの公使や宣教師たちが、母国に日本について報告したそうじゃ」

「ほう、なんと」

「『誰もが善良で礼儀正しく、多くの人が読み書きができて、好奇心の旺盛な日本の国民性に驚いている。これまで発見された国民の中で最高の人種だ』とな」

「私も聞きましたぞ。ヨーロッパでは一部の上流階級しか身につけていないほどの礼儀を、日本では庶民がみな身につけていると」

「この国は、善良に穏やかに暮らしてきた。それは、江戸の時代が生み出してきた、日本の文化というものであろう」

石井や南摩がしみじみという。

「開国が悪かったとは思わん。今の政府にならずとも、戊辰の役を潜《くぐ》らずとも、時代は今に近づいておった。新政府が行った三権分立による政治は、慶喜様も考えておられた。我々も西洋学を取り入れ、諸外国に学ぼうとしていた。すでに、こういう時代に世が傾いていた時であったのだ」

そう言う秋月に、山川が続けた。

「要は国の開き方、外国との向かい方にあった。ハリスの通訳として日本に来たヒュースケンは、開国を迎える寸前に心を痛めたそうじゃ。『この国の豊かな情景が今や終わりを迎えようとしている。西洋の人々が彼らの中に重大な悪徳をもたらしているように思われてならない』とな」

皆がしばし黙した。

「この国は今、これまでの文化を否定し、西洋の文化をかき集めて取り入れようとしている。西洋に学ぶは大事なことだ。だが要は本質なるもの、本質なる日本、それを見失ってはならんのだ」

「これまでの江戸の時代が最良だったわけでもない。しかし、最悪だったわけでもない。ただ西洋の真似に溺れるのではなく、脈々と流れてきたこの国の文化や有り様、国民性をしっかりと見極めなければならん」

廣澤が、急に立ち上がって言った。

「小川君、世界を見る時にまず会津を見ようぞ。我々の生きてきた道をしっかり見るのじゃ。会津を築いてきた会津の教育、ありのままの会津を、余すことなく書き記してくれ」

そして、皆の声も続く。

「我々は、嘘もつかず曲がった企てもせず、あの時代を真っ直ぐに生きたのだ。それがどうだったのか……」

「それを見るのは、またよく見えるのは、後の人であろう。我らは重要な歴史の中を泳いでいるのだ」

「後の人に後の世を託すためにも、小川君、会津が生きた道を書いてくれ」

いま参集している者たちは、実は戊辰の戦以前に積極的に西洋学を学び、その後の日本国のあり方を真剣に考えてきた者たちであった。

「この人たちと新しい世を共に作りたかった」と心底思ったこの日の「夜会」を、渉は後々までも忘れはしない。

そして最後に、山川浩が脈絡もなくこう切り出した。

「小川君、長崎に行かないか」と。

日を改めて訪ねると、

「長崎の日下君には、すでに話してある」

山川は、いきなりこう切り出した。

「日下さんと言いますと、長崎県令の……」

日下義雄は旧会津藩士であり、渉とは鳥羽伏見の戦いで共に戦ったこともある仲ではある。日下は元石田姓であったが、敗戦直後日下姓に変えた。彼は岩倉欧米視察団に加わりアメリカに留学する機会を得、その後ヨーロッパを視察してロンドンで経済学を学んだ。帰国して内務省などに勤めた後、昨年から長崎県令の職に就いていた。旧会津藩士の中では、少々異色の経路とも言える。

「あぁ、長崎県尋常中学校の、教諭への就任要請だ」

山川の話はテンポが早い。

「教育とは素晴らしいものだ。日新館を始めとして我らが学び積んできたことを、若者に伝えるということは意義のあることとは思わないかね」

日下は無論、渉の「会津藩教育考」の執筆については十分承知。ゆえに、西洋の文化が広がりもすれば、日本の古い資料も集まっている長崎へと誘った。

渉の楽ではない暮らしを知る山川と日下からの応援協力でもあろうと、渉はこの申し出を有り難く受けた。

だがこの要請の裏、山川と日下の間にはこんなやりとりがあった。

「小川君が会津藩の教育について書くと、仕事をやめて青森から出てきた」

「苦難覚悟のその覚悟、彼らしい彼の戦にございますな」

「小川君は、日新館にも昌平坂学問所にも学んだ。しかし、教壇に立ったことはまだない。そこで日下君、君に頼みがある」

「なるほど、教育について書くには学ぶ側と授ける側、両者の経験をさせてやりたいという山川様のお心づかいにございますな」

「いや、小川君の戦に我々も参戦しようではないかということだ」

「文字による日新館の再建か、会津らしい知の戦に私も参戦いたしましょうぞ」

二人は、渉の人生にそんなレールを敷いた。

渉は東京での書き写しを急ぎ進めると、七月の末に長崎に向かう汽車に乗った。

「東京は次第に秋に向かうが、長崎はまだ夏のさかりかも知れぬ。今年は二度の夏か」

渉は東京と長崎の時差、いや季差を思いながら長崎の地に思いを馳せた。

窓辺に座る子どもたちが、汽笛や蒸気機関車の吐き出す煙に驚きの声を上げ、妻がその様子に微笑んでいる。傍から見れば、睦まじく穏やかな家族の旅にも見えるにちがいない。

そんなことを、車窓の景色に目を置きながら渉は思う。

―あの戦が無かったら、父のように日新館の教壇に立っていただろうか―

弓術師範として教授する父の姿が目に浮かぶ。

渉は山川や日下からの話を受けた時、なぜか日新館へと招かれたような気がした。

今は長崎に向かいながら、会津に向かっているような錯覚にさえ捉われる。

汽車と汽船を乗り継いでの長旅の末、一家はようやく長崎の地に身を落ち着けた。

そして、渉はいよいよ教壇に立つ。

渉が奉職することになったのは、旧長崎奉行所の敷地の中に建つ長崎県尋常中学校だった。明治十九年に設立されたばかりの中学校で、生徒の真っ直ぐさや吸収しようとする真剣な眼差しは心地よかった。

日新館に学んだ日々が思い出される。教えることは、自らが学ぶことでもある。渉は真剣に学び真剣に生徒に接した。

生まれ育った地も、言葉や文化は違えども、学ぶということは人間としての渇望であり希望なのだ。これまでとはまた違うやりがいを感じながらも、もう一つの大仕事が渉の脳裏から離れることはなかった。

渉は教鞭をとりながらも、会津に関する新しい書を探し、日下を始め長崎や近隣県に在住する旧会津藩士たちの話を聞き、これまでに書いた「教育考」を見直しもすれば補正にも力を注いでいた。

長崎在住の郷友たちも渉のもとに訪れて、資料を合わせたり探したりを手伝った。もっと古書も探したいし、それを読む時間も欲しい。しかし、学校は夏休みさえ多忙で、「教育考」の手直しの時間を取るのも難しかった。

教えるにも、自分が学ぶにも時間が足りない。渉に真剣な眼差しを向ける生徒たちに、答えきれるかという不安がつきまとうのも事実だった。

涉は二足の草鞋は履き慣れていたものの、年を重ねながら一つの体で比重を同じくして歩くことは、泥の中を歩くに等しかった。


ある夜、翌日の授業の準備を終えて、ようやく「教育考」四巻目の原稿に向かった。

さっきまで鳴いていた虫たちも声を潜め、夜は闇を深めていく。

「ここには『礼式』、そして『数学方、天文方』『医学寮、雅楽寮』、次には『弓術、馬術、刀術』『水練場』を載せるか」

皆で腕や心や精神を磨いてきた日新館の、場所や内容について記すつもりで筆を進めていた。

「さて、どの順に項を置くか」

涉は筆を置くと、組んだ両手を袖口に入れて目を閉じ考えていた。

虫も眠り夜も眠り、無音の夜は更に深まり漆黒の闇の中に落ちていく。

「子曰く　学びて時にこれを習う　亦説《よろこ》ばしからずや
朋あり、遠方より来《きた》る　亦楽しからずや
人知らずして慍《うら》みず　亦君子ならずや……」

遠くから、子どもや若き藩士たちの声揃う素読の声がする。その声は渉に向かって歩いてくるように、どんどんと近づいてくる。そして、武場に響く力強い声も耳の奥から湧き上がってきた。

―あぁ、私はいま日新館の裏に立っている―

渉はそんな錯覚に襲われていた。

しばしその錯覚の中に身を沈めながら、やがて素読の声も武道の響きも幻だと気づいた時、涙が一筋頬を伝い落ちた。その不覚に、渉は思わず左手の握った拳を唇に押し当てた。しかし、唇は小刻みに震え、涙は抑えようにも止まらない。

暗涙滴々、滴々と零《こぼ》れて落ちる。

体内の水脈を集めて、男の身の内にこれほどの泉が潜んでいようとは……。

どれほどの時が経ったか……。

渉はゆっくりと筆を持ち、深く息を吸い、深く吐いた。そして、涙の跡の滲む枯れ草色の和紙の上に、ゆっくりと筆を載せた。

―涙痕草―

「会津藩教育考」第四巻の表紙に、そう添えた。

和紙は静かに深く墨を吸い、抱くように渉の涙と思いを受け止めた。

渉の涙は会津の涙。会津の涙は無念の涙。今日はただ、胸の内に会津だけしか見えない。

「あぁ、いつかこの書を手にした後の世の人も我らの無念を受け止め、共に涙を流してくれるに違いない。いつか必ず会津の真実を受け止め、後の歴史に繋いでくれるに違いない」

心の内に、そう深く願った。


明治二十二年三月、長崎県尋常中学校一等教諭の職を辞して、渉は長崎を発った。人は言う。何故に教職の道から逸《そ》れるのか、教職に身を置きながらも過去を書き記すことは出来るのではないかと。

いや、少年の教育は身半分で出来ることではない。「教育考」もまた身半分では出来ず、渉は一足の草鞋を脱いだ。そして、もう一つの草鞋の紐を、固くきつく結んだ。「教育考」、このまとめに身魂を尽くすと決めたのだ。

その道の前に志があるのみ、金欲や名誉などくすんで見えよう筈もない。

ただ、招いてくれた日下と此処へと繋いでくれた山川には申し訳なく、二年ばかりで去ることを丁寧にわびた。ところが二人は、むしろ渉の申し出を待っていたかのように頷き、まるで、我が子を昌平坂学問所に送り出した、かの日の家族のように誇らしげに見えた。

母川回帰、会津への遡上。渉は、二十二年ぶりの会津の地を目指した。

五章　これが為に生きて

あぁ、会津

馬車がカッポカッポとリズムを刻み、刻々と若松の町に近づいていく。

桐の花紫が空に咲き、風がその甘い香りを開け放たれた馬車の窓に運んでくる。

桐は会津の花だ。育ちの早い桐の木は、娘の誕生時に植えられて嫁入り時の箪笥となる。

スミに笑顔が溢《こぼ》れている。自分の嫁入りにそんな余裕はなかった、叶う筈もなかったと思いながらも、いま桐の花に迎えられていることがスミには嬉しかった。

だが、渉はスミの思いにも気づかない様子で黙りこくっている。おそらく、桐の花の香りにも気づいてはいない。

渉には、過去につながる今が怖かった。

「戦が踏み荒らした、会津は今……」

あの会津が、若松の町が、今はどうなっているのだろう。緑に包まれた爽やかな季節を移動しながら、胸苦しさを覚えて渉は大きく息を吸う。それでもまた次の胸苦しさが押し寄せて心が波打つ。渉はそっと目を閉じ、組んでいた腕を僅かにずらして左胸の服を握った。

「あぁ、会津……」

逸る思いと留まる体、心と体が逆を向く。

カッポカッポと秒針は前へと進み、様々な思いに揺られながら、渉たちはついに若松の町に着いた。

あぁ、二十二年ぶりの、再びの会津の地を踏むのだ。

渉は大きく息を吐くと、「よしっ」と自分の内に声をかけ、ゆっくりと馬車から降り立った。

「……………………」

何やら、見慣れない町のような気がした。

かつて斗南に降り立った時の、それとは違う。斗南は知らないが故であったが、会津は知るが故の深いため息に曇る。

わかってはいたものの、渉はすがるように城の姿を探した。だが、若松の何処からも見えていた城の姿が今はない。

「これが会津か……」

遠いが故、切ないが故か、恋心のように抱いていた会津。昔ここに生まれ、ここに学び、ここで戦い、この地を追われた渉の歴史は、かき消されたかのように跡を留めてはいなかった。

まるで幻の町に紛れ込んだようで、渉はしばし立ち尽くしていた。


「おぅ、渉」

背中から声がした。

振り返ればその声その顔、市蔵だ。

市蔵はいつもひょいと姿を見せて渉を驚かす。人を驚かせながら、彼はいつも飄々《ひょうひょう》としている。

「おう、市蔵！」

渉にようやく笑顔が浮かんだ。そして、「おっ」と目を丸くした。

「市蔵、その姿、その格好……」

市蔵は、縞木綿の襦袢の上にサルッパカマの紐を結んでいる。

「おう、見ての通りよ。わしは百姓の娘と一緒になってな。まぁ、入婿のようなものだ。百姓は案外わしの性に合っておるわい。種を蒔いて、世話して育て食する。面白いぞう」

市蔵は日焼けした顔を崩して笑う。そして、洋装に身を包む渉の、上から下まで見回して「よう似おうとるなぁ」と目を細めた。

「お前も、よう似合うとるぞう」

「あっはっは」

二人は声を上げて笑った。

市蔵は、こわばる渉をいつも和らげる。

市蔵に代わる友はいない。良い友を持ったと、渉は改めて市蔵を見る。

市蔵が、無遠慮に言う。

「おめえ、頭も鬚も白くなったな」

そう言う市蔵の髪も薄くなり、襦袢の上の少し膨らんだ腹の上に結ばれた紐が、臍をよけて窮屈そうに二段に結ばれている。互いに、それが二人の隔たれた時だと思わせる。だが、時は一瞬にして二人の間に駆け寄っていた。友の手を取ると、ゴツゴツとした手が温かく、その手が渉の手をしっかりと握り返してきた。

「あぁ、会津に帰って来た」

今の渉にとって彼こそが会津。ようやく、渉の胸に会津が帰ってきた。


佐野貞次郎が若松の馬場町の外れに家を用意し、そこに待っていてくれた。

「いや、良かった。待ってましたぞ」

佐野は目を潤ませた。

白い髪を後ろに流し細身の体を着流し姿に包み立つ佐野は、確か齢七十の筈である。「少し小さくなられた」と渉はふと思ったが、すっと伸びた背中には武士の影が見えた。

「佐野様、何もかもお世話になりまして、感謝いたします」

渉はじっと佐野の目を見つめ、そして深々と頭を下げた。

スミもまた、

「本当にありがとうございます。これからも色々とお世話になるかと思いますが、よろしゅうにお願い致します」

と体を折った。

佐野は照れたように笑い、「少々狭いかもしれんがなぁ」と申し訳無さそうに建物に目をやった。

こじんまりはしているが小さな庭もある。娘のサトは北海道の遺愛学校に学んでおり、渉とスミ、二人の子供と四人が住むには十分な家だ。きれいに掃除も済まされており、佐野の心遣いがひと目で分かる。渉はその新しい家に上がることを勧めたが、佐野は長旅の渉たち家族を気遣い、後々ゆっくり話そうと固辞した。そして、市蔵と共に帰っていった。

わずかばかりの荷物を家に収めると、市蔵が持ってきてくれた握り飯に野菜、漬物や煮物に腹を満たし、子どもは早々に床についた。随分疲れたのであろう。

柱にかけてあった時計が、ボーンボーンと時を知らせ始めた。

明治になって、和時計は西洋の時間表記に変わった。その西洋式の時計が、午後の八時を知らせていた。

鳴って気づいたが、佐野が用意して置いてくれたようだ。佐野の心配りには頭が下がる。

会津での第一夜が次第に深まっていく中、渉は外の闇に目を向けじっと座っていた。体に旅の疲れはあるものの、頭の中は冷めて冴えていた。

妻が茶を持ってきた。

「君も疲れたであろう。休みなさい」

だが、スミは黙って渉の脇に座る。見れば、盆には二つの湯呑が載っていた。

スミには、渉の胸の内が痛いほどにわかる。その尖った心を少しでも和らげようと、スミはゆったりと茶を口にした。

「ようやく、会津に戻れましたなぁ」

そうスミが言えば、渉は「あぁ」とだけ答える。

「昨年、磐梯山が噴火して、会津はまた大変な思いをしたのですね」

渉が小さく二、三度頷く。

「山が崩れて、三つの集落が灰に埋もれ、五百人近くの方が亡くなられたそうでございますねぇ」

「あぁ、小磐梯は崩れ、土砂は流れ、多くの人と村を飲み込んだ。……猪苗代は、会津の旧領であった。容保様はその知らせを受け、会津に駆けつけられたそうだ」

「まぁ、被害を受けられた方々は、どんなにか力づけられたことにございましょう」

「あぁ、容保様はいつも会津に心を置かれておる」

かつての藩主松平容保はあの後どんなに切ない日々を送っているか、災害にあった人々の苦しみは如何ばかりか。渉を和らげようとしながら、スミもまた夜の静寂の中に思いを落としてしまった。

だがその後、市蔵の畑には影響がなかったのだろうかという話になった。

「石の礫など、畑に落ちたやも知れませんなぁ」

「例え困ったことがあろうと、あいつは一言も口に出さん。何があっても、飄々としたもんじゃ」

「市蔵様は、強いお方ですものね」

そんな言葉のやりとりの後、

「あぁ、強い人ほど優しい。優しい人ほどまた強いものだ」

渉は、市蔵の笑顔を思い浮かべながらそう言った。

二人はようやく「ふふ」と笑みを交わした。市蔵の優しさと強さは、これからの二人を導く力ともなり、それはまた二人をようやくの眠りへとも導いてくれた。

鎮魂の鐘響く

翌朝、チチとなく鳥の声に目覚めた。

あれから疲れも心地よく加わり、深い眠りに落ちた。だが、目覚めればいつもと違う感覚に一瞬戸惑った。

「会津、ここは会津なのだ」

渉は、自分に確かめるように言った。

身支度を整え食事を済ませ、渉は出かけようと身支度をした。長崎を発つ時から、会津に帰ったならばまず城に行こうと決めていた。

だが、中々体が動かない。いや、心が動けないのだ。

かつて知る城下が、知らない景色となっていることへの恐れか。その変貌を受け止め切れるのか。心が揺らめく。

そんな渉が足を向けたのは、本郷の山城跡だった。よろめく心を抱えたま城に向かうことは己に申し訳が立たず、この山城跡にすがるように登ってきた。

白鳳山の城なき二の丸跡に登ると、緑の木々を越えた阿賀川の流れの先に、山々に抱かれるように若松の町が小さく見える。

「あの辺りがお城だろうか」

周りの景色を計りながら城の位置を探り、渉はじっとその場所に目を置いた。

風が空を渡り、木々がざわめき語る。

—ここから見えるすべての地が、激しい戦場でした。

轟、火焔、黒煙、砂塵、悲鳴、叫声が、混じり合って響いておりました—

渉は、しばらくの時を瞑目の中に流していた。

あの籠城の日の朝、濁流の中に三百人もの人々を飲み込んだという大川もまた黙して流れていた。

ゆるゆると山を下り、帰りの途に上杉景勝が家康との戦に備えた神指の未完の城跡に立ち寄れば、その地もまた黙って佇んでいた。

時が違えど、同じ傷みを包み込んで無口に時は流れていた。

渉は今日、鶴ヶ城跡に向かう。

――山も川も町も人も、誰もが日々を越えてきたのですよ――

会津のあちこちが、昨日渉にそう語った。

遠くで切なく思う会津、この敗戦の地でもがきながら生きてきた会津、渉はいずれの会津もしっかりと受け止めなければならないと腹をくくった。

呼吸を整えながら、一歩一歩ゆっくりと歩く。

「ここが五の丁、ここは四の丁か」

記憶を辿りながら歩けば、渉の耳に再び会津が語り草木が語る。

――ここは火の海、血の海にございました――

――町の人は右往左往、子どもは泣き叫び、犬猫も狂ったように鳴いておりました――

渉は耳を塞ぐことなく、それらの声を聞いた。辛くとも、それらの声を聞くために会津に来たのだと、自らにそう言い聞かせながら進む。

やがて、城の西追手門へと出た。

主を失った城郭は、もはや生気を失って佇んでいた。

「月残るにしのみかとの白雪をふみてのほるは殿ゐ人かなと」

渉が口にしたのは、かつてここを通る時にいつも目にしていた会津藩家老西郷近思翁が詠んだ和歌である。しかし……。

「もはや、碑もなければその址さえも忘れられたか……」

そこにはただ、草だけが生い茂っていた。

西出丸から本丸へと向かう知期理坂《ちぎりざか》は、明治になって梅坂と名称を変えていた。石段脇に植えられた梅の木故でもあろうか。その美しい名称は、何故か虚しい。

渉はゆっくりとその坂を登り、西中門をくぐっていよいよ城なき城へと向かった。

かつての威風凛然たる城は、今や幻。

雨のような砲弾を受け、一カ月の籠城にさえ耐えた鶴ヶ城は、空き家の果てに明治七年に取り壊された。残された石積みの土台は、かつてここに名城鶴ヶ城があったことをひっそりと物語っていた。長い時をかけて積み上げられた会津は、こうも儚いものだったのだろうか。いや、脆《もろ》く儚く崩れたのではない。戦とはそもそも破壊なのだ。

—傷だらけの城でもいい、せめてひと目見たかった—

荒城と成り果てた城跡に、渉は唇を噛みしめてしばし立っていた。

やがて、太鼓門を通って城を抜けた。

大腰掛、大下馬の道を更に抜けて、渉は日新館へと向かっている。

この先に、登城の際にも通れば子供の頃には遊びもした、懐かしい道がある。そしてその先には、何度夢に見たか知れない日新館があるのだ。行きたし怖しの道の前に、渉の胸は早鐘を打つ。

風が、フーと吹き抜ける。

あぁ、やはり……。

幼い日に遊んだ場所は田畑へと姿を変え、その間に細い道が一筋あるのみ。かつて多くの学生によって踏みしめられた堂々たる道は、すでにない。

しだらなく雑草の生える道を進み、日新館跡の東門の辺りから、渉はそろりと足を踏み入れた。そこには長屋と思われる崩れた一宇が残り、周りには礎石のいくつかが残骸のように散らばっていた。

「あぁ」

かつて、渉たち家族が暮らしていた官舎の跡地。ここで生まれ、ここに育ち、ここが故郷。残されていたかすかな気配を抱きしめるように、渉は手を合わせた。

辛くても、日新館のすべてに会い、すべてを己の目で確認しなければならない。

講釈所の方角に足を向けた。と、ふと日新館に入学した日の光景が蘇った。

……あの時、新之助と二人で西に向かい戟門をくぐって……

ふと口元がゆるむ。と、渉は急に向きを変えた。あの幼い日には正式の遠回りの道を行ったが、近道があるのにと思っていた自分に従ってみたくなった。

草に覆われた道を進んでいくと、講釈所の手前に小高い場所が見える。

「あっあれは、むかし目黒浄庭が築いたという園庭だろうか」

渉は、草を分け入り登ってみた。

「楓、梅の木……、まさしくあの園庭だ」

渉の胸に一瞬の喜びが走り、また一瞬に沈む。

かつては、米代一ノ丁の塀に添って芝や竹で編んだ垣根があり、その内側に山渓の風景として丸く刈り込まれた楓や梅の木が置かれていたのだった。

だが、もうその面影はない。

「あちらには、遊泳水馬の演習をした池が……」と探せば、そこは只の水たまりとなって、池の美しさはもはやなかった。半分には土砂が流れ込み、狭められたその半分には誰が放ったか、鯉らしき魚がただ泳いでいた。

「この辺りに、柳の木があった筈だ」

探せば、殆どの枝を失い、幹にわずかの枝葉を残す一本の柳があった。

「あぁ春にはこの柳の綿が舞い飛び、この下に座し、友と詩を詠んだものだ……」

渉は、その老いた木を優しくなでた。

会津の戦から二十二年もの時が過ぎたというに、戦の残骸のように様々が放たれている。全国にも名を知らしめた知の館「日新館」は、もはや周りは畑や水田と化し、敷地内にさえ畑が作られていた。政府は増税を図り増産を促し、会津の学び舎の跡もまたその策の中に置かれたのだった。

足を引きずるように田畑の作業道と化した道を通り、渉は西北にあった天文台に向かった。

「ここも……」

天文台もまた、周りを削ぎ落とされたように崩れている。だが、なんとか形はとどめていた。それだけでもありがたかった。ゆっくりとその高みに登ると、日新館の敷地が見渡せた。その傷だらけの日新館を若松の町並みが包み、そして磐梯山を始めとする山々が会津をすっぽり優しく抱いていた。

夕暮れに向かう空の下、渉は天文台にポツリと身を置いていた。

会津を思い日本の国を思い、果敢に戦った末に儚く消えて行った人々の顔が目に浮かぶ。

「日新館が泣いておりまするな」

いや、泣いているのは渉か。

学び、語り、未来を夢見た若い魂が行き交った純真な学び舎はもうない。切ない光景だった。

渉は、焼け崩れ屍転がる会津の地を見ていない。遠い斗南や長崎でも、胸の内の日新館は崩れてはいなかった。しかし二十二年経ったいま、会津敗戦の惨状をまざまざと見せつけられていた。

「生き残り生き長らえた自分は、いったい何をしてきたのだろうか」

生き残ったことが罪として空しさを覚え、渉は茫々の草の中にうずくまるように座り込んだ。

夕闇が、ゆっくりと歩いてくる。

昨年内側を噴出させた磐梯山が、何事もなかったかのように黙っている。

悲しくはないのか、辛くはないのか……。

磐梯山は、我が身の辛さは黙して渉に語る。

「そなたには、筆を持つ手と堅い意思があるではないか」と。

「そうだ、書かねばならぬ。山や川や、もはや語れぬ友人や知人のためにも、私は書きすすめなければならない」

空に紅を残して、太陽が落ちてゆく。

二十二年ぶりの会津の景色は渉の心を萎えさせもしたが、新たな力を与えようともしていた。

やがて、紫の闇が渉を包んでいった。
ゴォーーン　　ゴォーーン
遠くの寺から、鐘の音が響いて来た。

点睛《てんせい》

いよいよ、会津での調査に本腰を入れる。

これまで、青森や長崎、東京、京都で出来る限りの資料を集め、古人たちの話もたくさん聞くことが出来たが、会津での収集こそがなかなか難しい。資料の多くが激しい戦火の中に消え、また散り散りになっていた。それでも、動けば、何かしらかが見え、何かしらを得ることができる。また、会津でなければできない事がある。

まず、「古人事歴」に名のある人々の墓を探し寺を尋ね、過去帳を探し、僅かに知るという伝《つて》も頼った。

天寧寺・恵倫寺・正法寺・建福寺・善龍寺・極楽寺・融通寺・実相寺・願成就寺・浄光寺・一乗寺・秀長寺・西龍寺・常慶寺・城安寺・高巖寺・大法寺など多くの寺を訪ね墓碑を探し、過去帳を見て歩いた。

日新館誌の欽本を持っていると聞けばその人を訪ね、誰かが骨董店で古書を見つけたと聞けば訪ねた。

旧藩士たちの助力も大きく、中でも佐野貞次郎は古書を集め保存しようと「天保古文社」まで創設していた。旧藩士たちは消えた会津のかけらを集め、在りし日の会津の再現を図ろうと渉に手を貸した。

ある日、「こんな物が見つかりましたぞ」と、佐野がなにやら書類を持ってきた。

「これは……」

「面扶持《つらぶち》」と、日新館における「面口米《つらくちまい》」の記録だった。

文化三（一八〇六）年、窮乏の底にあった会津藩はそれまでの給与をいったん廃止し、一人一日白米五合、味噌二十匁に薪若干を給与するという、最低限の食事現物支給の面扶持を行った。そんな中にも、日新館の子どもたちには昼食を提供したことが詳しく書いてある。「面口米」の提供、つまり我が国で初めての学校給食であった。貴重な資料だった。

他にも、諸師範や役付けが提出した仲裁の記録「取成」もある。

「これはまた、師範や役付けの方々が間に入り、様々なことを取り持たれた細やかなことを知ることが出来ますな」

そう言ってから、「ここ、ここ」と佐野が指し示す。

見ればそこには渉が十七・八歳の頃父に代わって書いた役付けの記録があり、それぞれの名と割り当てられた役が若々しい文字で記されていた。まだ江戸の昌平坂学問所に発つ前の筆である。会津藩時代の己との出会いであり、渉がかつて会津の地に確かに存在したことの証であった。

様々な書物を探し、様々な人に話を聞くことで、様々なものが見えてくる。しかしそれでもまだ足りない。もっと広く尋ね深く知り、一つ一つに裏付けを持った真実を記さなければならない。渉は遠くの農山村にまで足を運び、元小川家の奉公人や妻の実家に仕えた人までも訪ね歩き、墓碑や石碑などを丹念に調査して歩いた。

完成までいまひと坂かと思えるようになったある日、少し足を伸ばして岩月村に行くことにした。

「今日は、わしも行くわい」

虫の知らせかある勘か、市蔵がのっそりと顔を出した。

一人で行くより、同行者がいれば道々楽しいものだ。それが市蔵なら尚更に。

ところが、岩月村に着き取材をはじめてまもなくのこと、渉が「うっっ」と胸を抑えて体を丸め崩れるように屈み込んだ。

「ど、どうした渉。大丈夫か」

動揺する市蔵の声は聞こえたものの、心臓が縮み絞られるような激しい痛みの中に渉の意識は遠のいていった。

気づけば渉は床の中にあり、開けた目いっぱいに心配そうな市蔵の丸い顔が飛込んできた。そしてスミの顔に代った。

「ここは……」

「岩月村の、お医者様のお宅にございます」

「そうか……」

渉は事の次第をだんだんに思い出した。

「お医者様が、命に別状はないとおっしゃっていました。市蔵さんのおかげです」

と、スミの目が和らいだ。

その妻の言葉にひとまずの安堵を覚えたものの、「胸膜炎」という病名に不安を覚えた。その不安の先は、命というよりも「教育考」、まだ途中の「教育考」である。
二、三日して家に戻ったものの、渉はまだ床の中にあった。
「調べなければならないことがたくさんある」

「寝ている場合ではない」

そんな思いが頭の中をぐるぐる回る。しかし思うように回復は見せず、一週間が経っても、ひと月が経っても咳は治まらず発熱を繰り返した。気ばかりの焦る、長い療養生活の始まりだった。

「生命があっただけでも儲けものだぞ」

そう市蔵に言われても、

「気を休めるのが一番のお薬と、お医者様から言われておりますでしょう」

そう妻に言われても、渉には己に課した責務がある。

「ここであきらめる訳にはいかない」

「いま少し、いま少しなのに」と気が焦るのだ。しかし体はままならず、私塾も開けず、妻に支えられるのみの生活は日増しに苦しくなっていく。

佐野貞次郎が時折顔を出し、市蔵が二日置きほどに野菜を届けてくれる。それでも、渉の薬代もかかれば生活は苦しくなる一方だった。やがて家財を売り、什器類を売りして、次第に家の中に空間が広がっていった。

「すまない。そなたには苦労ばかり掛ける」

渉は妻に詫びた。

だがスミは、「家が広うなりましたよ」と笑ってみせるのだ。

思えば、ずっと苦労の掛けっぱなしだった。男の苦労とはまた違う女の苦労があったはずだ。しかし、スミは愚痴をこぼしたこともない。そして、「あなたは、会津武士にございましょう」と渉を鼓舞する。

「あの戊辰の、籠城の折はこのようなものではございませんでしたよ」

「そうじゃな、スミはあの城の中におったのじゃものな」

「食うや食わずどころか、生きるか死ぬかの境でございました。あの思いに比べましたら、まだ極楽にございますよ。ホホッ」

そう、スミは笑ってみせる。

会津藩士高山輝喜を父に持つ妻もまた、会津の魂を抱いた会津の女だ。一度地獄を見たものは強い。

だが、渉の療養の日々は三年も続いた。屋敷を売り払い喜多方町の小さな家に移り、スミは子供を抱えながら近所の手伝いに歩いた。

少し回復を見た渉は私塾を開いたものの暮らしの足しには遠く、北海道の遺愛学校に行っていた娘も帰郷し、英語を教えるなどして暮らしをなんとか凌いだ。

ようやく回復をみれば、渉は髪にも鬚にも白さの増す歳になっていた。

もはや執念とも見える回復を得て、渉は再び動きだした。なんとしても「教育考」を仕上げなければならない。これをやり遂げなければ、死んでも死にきれない。もはや渉一人のものではなく、旧会津藩士たちの協力と思いが籠るものなのだ。

もう一度、斗南にいかなければならない。斗南はもう一つの会津なのだ。

これまで書いた原稿を抱え、渉は田名部へと向かった。

田名部では、渉の体を案じながらも数人の旧会津藩士たちが、「随涙幀」の二千六百名の戦没者の名と共に待っていてくれた。

渉は、集まった人たちにこれまでの原稿を見てもらった。

「よくこれまでに……」

文字を通し図面を通して、皆の目に在りし日の日新館が、懐かしい会津が浮かび上がってくる。

そして、あの長崎で記した第四巻に添えられた「涙痕草」の文字を目にした時、人々は目頭を押さえ、口元を押さえて嗚咽を漏らした。

そんな人々の全身を濡らすように、空から蝉時雨が降り注ぐ。

「ここに眠る皆への、何よりの捧げものじゃ」

「会津に日新館が建ちましたぞ」

「皆様よ、帰れる故郷が出来ましたなぁ」

涙の人々がふるえる口元から御霊に話しかけ、まだ未完ではあったが、人々はこれを鎮魂の書として「随涙幀」の前に捧げた。

その後も渉は、山本覚馬を京に訪ね、東京で山川浩と会い、廣澤安任や秋月悌二郎、南摩綱紀たちにも会った。

「教育考」をより確実にするため、東奔西走し推敲に推敲を重ね、加筆に加筆を重ねて会津での十年が過ぎた。


時は明治三十一年、渉は佐野貞次郎の古書店を訪ねた。

「おう、待っておったぞ」

佐野は、早速に奥から『日新館誌』を出してきた。

「あぁ、日新館蔵書の印が押してありますな」

喜ぶ渉に、

「三十数巻あるわけじゃが、その内の文芸の部四冊が無いのは残念ではあるがのう」

佐野が、申し訳無さそうに言った。

「いやいや、これは是非にも読みたいと思っておりました。願いが叶いもした」

佐野は、嬉しそうな渉の横顔に満足したように頷いている。

「佐野様、これで教育考も完成に近づきます。みな佐野様のおかげです」

渉は心からの礼を述べ、深く頭を下げた。

「いや、礼を言うのはわしの方じゃ。皆の待つあちらへ、『教育考』を手土産に持っていけますでな」

そう言って、「楽になりもした」と渉に頭を下げた。

戦死した藩士たちの改葬を行った佐野の、一生抱えてきた苦しみだったのであろう。

翌明治三十二年四月、佐野は八十年の生涯を閉じた。

ようやく雪の季節を越え、これから桜も咲こうという時であった。

戊辰戦争後を生き抜いた会津藩士たちは、死しても己に厳しさを強いた。

後に、大正十二年まで生き、改葬に奔走した町野主水も「わが亡骸は筵に包み、縄で縛っての葬式とせよ」と遺言したように、佐野貞次郎も桜の咲く華やかな季節を待たずに逝った。同じ思いであったに違いない。

生きながらえての苦を舐めながら、生き残った自分を心の奥で罰し続けて来たのであろう。

「ようやく、こちらで方々に詫びを言えまする」

そんな、佐野の声が聞こえるようであった。

戊辰の役から三十年の時も過ぎれば、時代を共にし、協力を惜しまなかった人々も年齢を重ね、一人また一人と世を去っていく。

渉もまた老いた。

渉に始めから協力し、力を尽くしてくれた佐野貞次郎が亡くなったこの年、渉は長年取り組んだ「会津藩教育考」の筆を置いた。

奇しくも、渉が『会津藩教育考』を書き上げた明治三十二年は、「日新館」設立から百年目の年であった。

これが為に生きて

涉には、二つの会津が存在していた。

一つは会津の会津、もう一つは青森斗南の会津。そのどちらの会津にも、筋の通った会津の教育と会津の精神があった。

会津の象徴であり、かつて藩士たちがそのもとに集った松平容保は、明治二十六年、「教育考」の完成を待たず五十九歳でこの世を去った。

そして、佐野の死と「教育考」の筆を置いてから六年の時が過ぎていた。

明治三十八年、晩夏。

羽織袴の正装に身を包み、容保の墓所に向かう一人の男、髪も顎鬚も白く染めた六十二歳の涉である。この日、涉は『会津藩教育考』を容保の霊前に献呈するために小石川の「正受院」に向かっていた。

手に持つ紫縮緬の風呂敷には『会津藩教育考巻一～巻六』、そして『別録』を加えた和綴じ本七冊が包まれていた。

静かに墓前に立てば、その墓碑は生前の容保が静かに座っている姿に見えて、思わず「殿」と口をつく。

墓前に正座すると渉は深く長く礼をし、そして手を合わせた。

香がわずかに揺らいで空に上る。

「殿、お久しゅうございます」

渉は、容保と無言の会話を交わしていた。在りし日の会津のこと、斗南でのこと、その後の会津のこと、様々なことを長い時間語らっていた。

木漏れ日が、二人にやわらかく降り注いでいる。

「殿、会津戦争の敗北、斗南での苦難、新政府下での片隅に追いやられた暮らし、われらは様々な辛苦を舐めました。それらは偶然という事ではありませぬな」

「うむ。余のせいじゃ。余が至らぬ故に皆に苦労をかけた。ひとえに余を責めてくれ。すまなかった」

「殿、ご自分をお責めくださいますな。我々は辛苦を舐めはしましたが、誇らしいと申し上げているのです」

「なに故、そう言う……」

「それは、殿が一番ご存じではありませぬか」

「…………」

「殿はなぜ、孝明天皇より拝領されたご宸翰を肌身離さず持っておられながら、天下に示されなかったのでございますか」

「それは……、時が許すものではなかった。それに……」

「それに……、内に秘めたる、保科正之公以来の脈々の正義と忠誠にございまするな。会津のあの出来事は、会津藩が繋いできた会津の精神、教育の結果、正義ゆえの必然にございましょう。時の逆流にもがきはしましたが、案外誇れる苦労にございました」

「皆に責められる身にある我を……」

「殿、詫び続けながら生きてこられた殿こそ、お辛《つろ》うございましたでしょう」

容保の言葉が詰まる。そして、暫しの間を置いて容保が言う。

「のう小川よ、人生とは、生きるとは苦しいものよのう……」

多くの民や藩士に、藩主はただ一人。分け合える苦しさと分け合うことのできない苦しみがある。ましてや負け戦の責任者、失った命は数しれない。命を持って責任をとることも許されずに、生きなければならなかった身。一人抱えた孤独と激しい痛みを、容保はこの墓の中でも抱いているに違いない。

死しても苦しむ容保に、渉は明るく言った。

「殿、会津は良い国にございましたなぁ。―ならぬことはならぬものです―と子供の時に声を張ったように、誠に真っ直ぐでございました。まぁ、それ故少々頑固でもありますがな」

渉が「ふふ」と口元を緩める。そして
「ですが、そう学んだおかげで、我らは卑怯者には一時たりともならずに生きてこられました。会津に生まれた身を誇りに思いまする」

そう胸を張る。

「幼少の頃、日新館に入学する折に『何故に学ぶか』と父に問われたことがございました」

「なんと答えたのじゃ」

「幼い故、考えが至りませんでした。ですが、父は幼い私に容赦もせず、『教育は人を人たらしめることぞ』と強い口調で申しました」

「そうか……」

容保の無言は涙であろう。

「今日は、殿にご報告に上がりました。『会津藩教育考』にございます」

「おう、待っておったぞ」

鼻声の、容保の声がする。

「殿がご存命の内にお持ちできず、申し訳ございませんでした」

「いやいや、そちがこうして会津藩の生き様を形としてくれたことに感謝する」

「いや、私一人の力にはございません。山川様はじめ、廣澤様、南摩様、秋月様、そして佐野様や各地に散りましたが旧会津藩士方々の力にございます。総出の会津藩復興の事業にございました」

「そうか、皆が……」

容保は再び胸を詰まらせる。そして、

「長い年月をかけて、ご苦労であったのう。そなたには青森の藩庁に務め続ける道も、長崎で教師として続ける道もあったものを。穏やかな道ではなく、何故に険しい道に踏み込んだのじゃ」

「……私の戦だったのかも知れませぬ。終われなかったのですな、自分の内に……。私が生きた意味、戦で死ななければならなかった人々の理由、そんなものとの戦いだったのかも知れませぬ。それに……」

「それに？」

「百年の花を見たかったのやも知れませぬな」

「百年の花とな」

「まぁいわば、その花は後の人への熱き文のようなものにございますかな」

「……胸にしみる言葉ぞ。これは鎮魂歌であると共に、後世への贈り物となる大業であった。心から礼を言う」

「殿……」

「百年後、二百年後、後々の世の人々は如何に暮らしておるのであろうのう……」

容保は遠い目をした。そして言う。

「もしかしたら、あの時他に道はあったのやも知れぬ。しかし、会津は愚直に生きた。この真実、会津の生き様、その読み解きは後の世の人に委ねようぞ」

容保はおそらく、この会津を導いた、いや導いてしまった我が身も一つの歴史として判断を委ねたいに違いない。

はらりと木の葉が一枚、ゆらりと空を舞う。

「殿！」

渉は深く容保の墓前に身を伏し、顔を上げるとキッと目を開き、『会津藩教育考』を両手に高く掲げた。

そして、思いを声高く容保に捧げた。

「我、これが為に生きる。死すとも憾みなし！」

六章　会津百年花

曼珠沙華

正受院を後にした渉は、その足を会津へと向けた。

今青森に身を置く渉は、東山に宿を取り若松の町でしばらくゆっくりと過ごす計画だ。佐野や旧会津藩士たちの墓参りもしたい。だがそれだけではない。とにかく引かれるように押されるように、何かが渉を会津に向けた。おそらく渉自身も気づいていない、僅かな余命ゆえの何かなのかも知れなかった。

若松の町は寺が多い。多くの会津藩士もそれぞれの墓地に眠るが、敵兵であった他藩の人々も丁重に弔らわれて眠っている。

手桶を持ち、花を持つ人たちが行き交っている。今日は秋彼岸の中日、墓参りに向かう人たちだ。一人ひとりが故人とどんな縁を持ち、香や花を手向けて何を語るのだろうか。

市蔵と並び歩きながら、渉はそんなことを思っていた。すると、

「なぁ渉、もう肩の荷をおろせ」

市蔵が突然そう言い、渉は足を止めた。

もう六年も前に『会津藩教育考』を書き上げ、容保公にも先日捧げてきた。区切りは付けた筈である。なのに、市蔵はそう言う。

「わしは百姓になってみて、ようくわかったことがあるんじゃ」

渉は黙って耳を傾ける。

「わしの女房は根っからの百姓の娘だが、案外しっかりしておってな、人としてのあれこれをよく心得ておる」と言って、

「あ、いや。武家の女房のようにしとやかではなくて、日に焼けて真っ黒な顔をしとるがな」と、慌てたように言葉を足した。そして、

「あ、わが女房殿の自慢ではなくてな、近所のじいさまやばぁさまやみんなが、人情厚くて人の道をちゃんと歩いておる。………届いておるぞ、渉」

なんと、市蔵が渉の核を突く。見抜いていたのだ。

渉がこの『会津藩教育考』に着手したのは明治十六年のことであった。それから十六年という長い年月をかけて、紙上に「日新館」と「会津藩教育」の再建を成し遂げた。

『会津藩教育考』の叙文を廣澤安任、黙念らが書き、第一巻の初めには日新館の図面を載せた。間取り、寸法、馬場や水練場、天文の観堂、屋根や石垣に至るまで忠実に描き記し、また、使用していた什器や衣装など、人々の思い出せる限りを繋ぎ合わせて確実な形に描いた。

第二巻においては「学史」を、三巻以降は徐々に日新館の学びについて紐解かれての第六巻、そして別録を添えて、膨大なそして繊細で詳しく貴重な内容を示した。だが、それで本当に終わったのか。会津の精神、生き様を示す事ができたのか。会津の民のわずか一部に過ぎない武士だけの歴史に過ぎないのではないか。

それが、密かに渉の胸に沈んでいた思いであった。

市蔵が、実にさりげなく言う。

「導く人が学び、学んだ人が導き、それがみんなに行き渡るものじゃのう。我が女房殿も、『ならぬことはならんのです』と子供をよく叱っとるわい」

そう笑って、

「渉、会津藩の教育、日新館の教えは藩士だけのものではないぞ。会津の道標、会津そのものだ。お前が記したものは、会津の人々全部の魂だ。よくぞやったな、渉」

市蔵の目が潤んでいた。

「市蔵……」

涉の全身が、秋の陽の中にゆらゆらと溶けていった。


気づけば、そちこちに真っ赤な彼岸花が咲いている。

墓に続く道、空き地の隅、草原に田んぼの畦、真っ赤な花が土の下から手を伸ばしたように咲いている。

「彼岸花……」

「おっと、涉。まさか……、あの時の血が咲かせた花ではあるまいな。この花は、死人花とも幽霊花とも言われるんだぞ」

市蔵がブルッと体を震わす。

「ふっ」と笑って涉が言う。

「この花は曼珠沙華とも言う。『天界に咲く花』、良いことがある兆しに天から降ってくるともいわれる」

「そうかぁ。天から降りてきた花か。どうりで、この世の花より真っ赤だのう」

市蔵は、彼岸花の名を曼珠沙華にすっかり切り替えて感心している。

そうだ。そうなのだ。人は、やがて赤く咲く。

この世を去る時、去った後、おそらく誰もが後の世の穏やかさを願うのだ。例え長短あろうとも、この世に生きて死んでいく意味は、生きたことと後の世の安寧を願うことかも知れない。

二人の立つ門田町の高みから、流れるように若松の町が広がっている。

「我らもやがて、赤い花になって降りて来ようぞ」

やがて訪れた夕焼けが、二人を朱色に包んでいった。


激動の明治が終わりに近づこうとしていた明治四十年、渉は六十四年の人生を静かに閉じた。

百年花

『会津藩教育考』が、渉の存命中に発行されることはなかった。

涉の死後二十四年が経ち、編纂の筆を置いてから三十三年もの時を経た、昭和六年のことだった。この『会津藩教育考』が、有志たちの手により発行されることになった。長い沈黙を経て、なぜこの時に発行されることになったのか。それを、初版の「緒言」が物語る。

「近来、世道人心大いに弛廃し、悪思想天下に蔓延するに当たり、憂国の士にして会津藩の教育に注意を惹き、その資料を求むる者少なからず。この要求に応ずる良書にして本書に過ぎるものあらず」

明治から大正を経て昭和へと流れる中に、原敬首相刺殺事件や皇太子が狙撃された虎の門事件などの襲撃事件が多発し、昭和恐慌や農業恐慌の打撃に喘ぎ、やがて満州事変へと流れていく世にあって、人々の精神には歪みが見られるようになっていた。その時、世の指針として求められたのが、「会津の教育」による「会津の精神」だった。

「朝敵」「賊軍」の汚名の元に沈黙せざるを得なかった会津藩の精神を、世の人々が三十三年の眠りから揺り起こし、その真髄を世に知らしめた。

それには、間にひとつの出来事があった。

大正六年には容保の墓は猪苗代の御廟に改装されて会津に戻り、そして『会津藩教育考』が世に出る三年前の昭和三年九月二十八日、この日、容保の孫勢津子姫と秩父宮との婚礼が行われた。

この縁組は秩父宮の母である、大正天皇妃貞明皇太后の強い思い入れによって実現した。

貞明皇太后の父九条道孝は、戊辰の役において東北に向かう部隊の総大将であった。その折、降伏の意思を伝えてきた会津を受け入れようとしたのだが、配下主戦部の薩長藩士に押し切られて会津戦争へと向かってしまう。その結果の会津の苦しみに胸を痛め続けた。また、貞明皇太后は明治天皇の苦しみも、それを引き継いだ大正天皇の苦悩も見てきたに違いない。

会津だけではない。宮中もまた苦しみ続けてきたのだ。その様々な双方の苦しみを解くべく、貞明皇太后の強い意志による縁組だった。

婚礼の日の、昭和三年は戊辰戦争から六十年を一巡した戊辰の年であり、九月二十八日は会津が正式に降伏した日だったのである。

この日、会津中が歓喜に沸いた。

この年この日の結び、それは宮中と会津、互いの積年の苦痛からの開放でもあった。

勢津子妃の誕生は、長年着せられた朝敵の汚名を脱がせ、渉の『会津藩教育考』の発行は会津に再びの会津藩精神を纏わせたのである。

小川渉が世に残した『会津藩教育考』、この編纂に取り組んだ小川渉の人生とは一体どんなものだったのか、それは『会津藩教育考』から伺われ、会津藩の教育とはどんなものだったのか、それは小川渉の人生を通して見えてくる。

小川渉が、日新館内に生まれ育ち、学び、その精神を全身に染み込ませる環境にあったことを一因として、会津人としての誇りが、会津人を会津人たらしめた精神のパズル集めの旅へと彼を向かわせた。

『会津藩教育考』は江戸と明治の狭間に散った会津人への鎮魂の書であると共に、会津の涙痕の上に咲いた会津精神復興の花なのである。

その花は人を人たらしめる道端に咲き、その花の咲く道は渉が後世を生きる人に問う一つの道なのである。

主な参考資料

『会津藩教育校』　小川渉著　マツノ書房
『先人斗南に生きる』　斗南会津会記念誌（斗南藩145年記念事業）　共同印刷工業㈱
『戊辰戦争150年』　新潟県立歴史博物館・福島県立博物館・仙台市博物館　北斗印刷㈱
『幕末会津藩』　歴史春秋社
『会津人物事典 文人編』　小島一男著　歴史春秋社
『清教徒精神』　小川渙三著　キリスト教新聞社
『東奥日報と明治時代』　伊藤徳一著　東奥日報社
『青森県人名辞典』　東奥日報社 編　東奥日報社
『維新再考』　福島民友新聞社
『戊辰150年』　福島民報社
『仙臺戊辰史』　東京大学出版会
『一外交官の見た明治維新（下）』　アーネスト・サトウ　坂田精一訳
『志ぐれ草子』　小川渉著　歴史春秋社
『よみがえる日新館童子訓』　会津藩校日新館

鶴賀イチ
1950年生まれ、会津美里町在住。
「少女おけい」で北の児童文学賞奨励賞受賞。
「恋するカレンダー」で福島県文学賞エッセイ・ノンフィクション部門で正賞受賞。
「会津涙痕草」で福島県文学賞小説・ドラマ部門で正賞受賞。他
【著書】
『少女おけい』『言の葉咲いた』『新島八重』
『子どもの言葉と旅をして』『第三部物語』
（歴史春秋社） 他

会津百年花
『会津藩教育考』の編纂に命をかけた男小川渉の生涯

2023年5月27日

著　者　鶴賀イチ
発行者　阿部隆一
発行所　歴史春秋出版株式会社
〒965-0842
福島県会津若松市門田町大道東8-1
電話　0242-26-6567
印　刷　北日本印刷株式会社